神野まひろ

実の両親は離婚。父は再婚したが、新婚旅行中に事故死。再婚相手である義母の妹・神野ひろみの養女になる。高校卒業と義母ひろみの結婚を機に、義祖母の家に居候することになった。

三原伽羅

七十二歳。〈みはらから〉のペンネームで、文筆家、詩人、画家として、活動するアーティスト。まひろの義母ひろみの結婚相手・三原達明の母。

永沢祐子

五十歳。十五年来の三原家の住人。ジャズシンガー。スナックのママ。

ヤマダタロウ

三十五歳。三原家の住人。アーティスト。

野洲柊也

二十三歳。三原家の住人。北海道出身の建築学科の大学三年生。

水島レイラ

出版社で編集長をしている。新人の頃から三十年近くからさんの担当。

三原駿一

伽羅の兄の息子。刑事。

プロローグ　わたしのこと

神野まひろ。

字だけ見て〈かんの〉とか〈かみの〉って呼ばれることが多いような気がするけど、〈じんの〉って読む。

じんのまひろ。

まだ同じ名字の人に会ったことはないから、たぶんちょっと珍しいんだと思う。親戚には会ったことない。会ったことがあるとしたら、たぶん、まだ赤ちゃんの頃にしか会っていないんだと思う。

自分の家のことを教えるのは、少し、かなり、メンドくさいので言いたくはない。言わないようにしているし、言わなきゃならないような状況を作らないようにしているかもしれない。

あまり積極的に人と交《まじ》わりたくはないんだと思う。

友達を作りたくないわけじゃないし、いないわけじゃないけど、人と付き合っていくことはムズカシイものなんだって思っている。

でも、それは元から、生まれたときからの性格かもしれない。

もう誰もわたしのその頃のことを覚えている人がいないからはっきりしないけど、自閉症かもしれないって疑われたらしい。結局そうでもなくて、単に大人しくて、自分の中に閉じこもりがちの女の子ってことになっているけど。

たぶん、そうだ。幼稚園のときなんかも、ずっと一人で遊んでいたのを覚えてる。

一人じゃなかったけどね。

わたしの隣にはいつも〈アマドくん〉がいた。

どうして〈アマド〉なんていう名前なのかは、全然わからない。気がついたらそう呼んでいたから。

〈アマド〉くんは、人間だけど人間じゃない。人間と狼の間に生まれた男の子で、大きな耳と大きな口と、ビー玉みたいなきれいな瞳を持っていた。でも、二本の足で歩いて、ちゃんと黄色のセーターを着て赤いパンツを穿《は》いていた。靴は履いていなかった。

〈アマド〉くんとわたしはいつも遊んでいた。

お人形とかで遊んでいたんなら女の子らしかったけど、実はスポーツばかりしていた。野球とかサッカーとかバスケットとか卓球とか。

今でも不思議なんだ。

大人しくて内気なのは自分でもわかってるし、そういう女の子なんだけど、何故《なぜ》かスポーツに詳しかった。

たぶん、テレビで観て覚えたと思うんだけど、ルールもちゃんとわかっていた。かといって〈アマド〉くんと走り回って周《まわ》りの人を困らせるわけじゃなくて、自分の周り一メートル以内で、ずっとスポーツの試合とかやって遊んでいた。

ときには観客になって空想の試合を観戦して騒いでいた。

そういうの、覚えている。

〈アマド〉くんのきれいな灰色の毛並みとか深緑色の瞳の輝きとか、大きなふさふさの尻尾《しっぽ》の動きとか。

何て言うのか。イマジナリーフレンドとか、空想上の友達とか。そんな感じだったんだろうと思う。

なんだやっぱり友達は欲しかったのか、って自分でも思うけれど。

〈アマド〉くんがいつの間にかいなくなったのは、いつ頃だったかな。

たぶん、小学校に入って、一年生の夏休みになる前に、静香《しずか》ちゃんと仲良くなったぐらいだったと思う。

静香ちゃん。二宮《にのみや》静香ちゃん。

今でも、いちばん仲の良い友達だと思う。他にも何人か、綾《あや》ちゃんとかノマちゃんとか友達はいるけど、何でも話していてわたしのことを全部わかってくれているのは、静香ちゃんだと思う。

だから、わたしのまた複雑になってしまった家庭環境についてもただ素直にそうなのかって受け入れて、でもそんなの何も関係なくわたしのことが好きだから友達でいてくれる。

お母さんが結婚するって話したときも、眼を真ん丸くして「おめでとうだね！」ってすっごく喜んでくれて。


「良いことだよね？　まひろも喜んでいるんだよね？」

「うん」

たぶん、じゃなくきっと良いことだ。お母さんが好きになって、そして結婚したいって思ってそうできたんだからすっごく良いことだ。

「うん、と？」

静香ちゃんが、ちょっと首を傾《かし》げた。

「じゃあ、名字が変わっちゃうのかな？」

「それ、はね」

正確に言うと、わたしのお母さん、まだ結婚していないから神野ひろみは、本当のお母さんじゃなくて、叔母さん。

わたしのお母さんだった人の妹。

「だから、叔母さんが結婚するからって、わたしの名字は変わらないんだよね」

「そうだよね？」

「でも、ずっとお母さんだからさ。名字が違っちゃうのが困るようならなんとかしようかって話したんだけど」

「なんとかって」

「養子縁組するとかね」

いろいろそういうの。でも、そもそもわたしは一度養子縁組されているんだ。

「そうだったよね」

複雑なんだ。わたしだけが。

「だから、もう半年で高校も卒業するし、卒業したら社会に出る人もいて子供じゃなくなるんだから、そのまま神野まひろでいいんじゃないかなって」

「そうだね」

名字が違うことなんて大したことじゃない。ひょっとして結婚して名字が変わることだってあるんだから。

お母さんは、三原《みはら》さんになる。

三原ひろみさん。

わたしは、神野まひろのまま。

そうやって、まだきっと少しの間は親子三人で、わたしにしたら初めてお父さんと呼べる人と一緒に暮らせるかな、って思っていたんだけど。

思っていたんだけど。
全然違うようになってしまった。

一　からさんの家

根津《ねづ》の駅から言問通《ことといどお》りを歩いて三分か五分ぐらい。

路地みたいな細い道に入っていくけれど、角《かど》を曲がって見たらすぐにわかるから、迷わないって言われたけれど、本当に迷わなかった。キャリーバッグを転がしながら細い道を左に曲がったら向こうの方にレンガ色の建物が少し見えていたんだ。

あそこだ、って思って早足になってそこに着いたら、見上げてしまった。

二階建ての全部レンガの建物。

すごい昔に建てられているから、あちこちコケが生《は》えているし外の壁のレンガもけっこうボロボロになっていて、もしもその家だけを夜中に撮影したらホラー映画の西洋館みたいだよって言っていたけど、本当だった。

「これは、スゴイ」

これもレンガで造られていた門の前で、中年のおじさんみたいな感想の言葉を口にしてしまった。

誰も聞いていないからいいけれど。

ここが、伽羅《きゃら》さんの家。

「違った」

からさんの家。

名前は伽羅さんだけど、ずっとあだ名で〈から〉って呼ばれていて、ペンネームも〈みはらから〉だから、からさん、って呼ぶ。『その方が、たぶん本人は喜ぶから』って、お継父《とう》さんになった三原達明《みはらたつあき》さんが言っていた。

そのお継父さんのお母さんが、三原伽羅さん。

つまり、義理というか、繋《つな》がりとしてはわたしの祖母に、おばあちゃんにあたることになってしまった人。

伽羅っていう変わった名前は、香木《こうぼく》のことなんだって。伽羅さんのお父さん、達明さんのお祖父《じい》さんが、香道《こうどう》のお師匠さんだったとか。香道というのは知ってはいたけれど、本当にそういう人っているんだな、と思ってしまった。

からさん。

今年、七十二歳になる。なられる女性。

この全てレンガ造りの西洋館みたいな一軒家に、一人で住んでいる。

「それも違った」

何人かが一緒に住んでいる。

下宿のような、アパートのような、シェアハウスのような感じだけど、本人、からさんは全員居候《いそうろう》させているだけって言ってるらしいから、『シェアハウスなんて言葉は使わない方がいいかな』ってお継父さんは言っていた。

作家だから使う言葉にはうるさいからって言っていた。なかなかメンドクサソウナ人らしい。

今日、初めて会うお祖母さんっぽいものになってしまった人。

さぁ入ろうと思ったんだけど、ピンポンがない。ドアチャイムみたいなものは、どこにあるんだろうって思って木でできた扉を見回しているんだけど、どこにもない。この玄関扉、初めて見たかもしれない。両開きって言うんだっけ。どっちを開《あ》けるのか。

「あ、こっちか」

開けようと思ったら、丸いドアノブがゆっくり回って、ギィ、って音がして扉が開いた。

おばあさんが、いた。

白髪、じゃない、銀色の髪の毛がふさふさで、黒縁の眼鏡を掛けて、色褪《いろあ》せた真赤なシャツに黒い柔らかそうな巻きスカートのおばあさん。

たぶん、この人が、からさん。

木のサンダルみたいなのを片足だけ履いて、手を伸ばして扉を開けてくれたんだ。真面目《まじめ》な顔をして、わたしを見ている。

「まひろちゃん?」

「はい、そうです！」

慌《あわ》てて、頭を下げた。焦ってしまった。

「神野《じんの》まひろです。今日からお世話になります！　どうぞよろしくお願いします」

ニコッと笑ってくれた。笑うと、しわしわになるけどカワイイ。丸い眼は柴犬みたいな。

「いいご挨拶《あいさつ》ね。いらっしゃい。入んなさいな」

「はい」

玄関が広かった。石造りみたいな床に小石がたくさん詰まってる。古い学校みたいな靴箱が両側に並んでいる。天井には丸い白いランプみたいな照明。壁は、レンガだ。本当にこの家、全部がレンガでできているんだ。

「窓から姿は見えたんだけれども、なかなか入ってこないからどうしたかと思っちゃった」

「あ、すみません。ドアフォンが見つからなくて」

ないのよ、って笑った。

「呼ぶのよ。すみませーん、とかこんにちはーとかね。そこにね、名前貼っておきましたよ」

「名前？」

四角い靴箱に、木の札が貼ってあった。

〈神野まひろ〉

「その縦一列を全部使っていいからね。そこに入らないぐらいの靴があったら、そこの棚を使っていいから」

そんなに靴を持っていないけど。

「はい」

「このサンダルね、お便所のサンダルみたいでしょう。木のサンダル」

お便所って、あ、トイレか。

トイレにサンダル？　わからないけど頷《うなず》いておいた。確かに木で出来ていて革のカバーみたいなものが付いているサンダルが四足、玄関に置いてあった。

「これはちょっと外に出るときとかには好きに使っていいからね。赤の革が女性用。黒の革は男性用ね」

「はい」

なんだか、スゴイ。ちゃんと決まっているのか。

「玄関の鍵と部屋の鍵は後であげるから。あなたのお部屋は二階ね。一緒に行きましょう。ゆっくりするのは荷物を下ろしてからね」

「はい」

ほとんど返事しかしてないなわたし。

黒色の木でできた階段。手すりについているスライムみたいな丸いのは知ってる。擬宝珠って言うんだ。前に学校で先生が話しているのを聞いて覚えていた。ギボシって響きがおもしろかった。

階段の上がるところは磨《す》り減って剝《は》げているから、ギシギシ音がするんだろうなって思ったら全然音がしなかった。しっかりした造りなのか。

「他にもね、三人住んでいるのよ。達明に聞いたんでしょう?」

「はい、伺《うかが》いました」

言ったら、階段を上がりながら少し驚いたように振り返って微笑《ほほえ》んだ。からさん、本当に笑顔になるとカワイイ。カワイイおばあさんだ。

「随分ちゃんとした言葉を使うのねぇ。お母さんとかに教えられたのかしら?」

「あ、学校で放送部でした」

「放送部?」

「アナウンスしていたんです。それで、いろいろ話し方とか言葉遣いとかは、練習しました」

あらまぁ、って笑った。

「お稽古事みたいな感じね。あぁそう放送部のアナウンス。それで声がよく身体《からだ》に響くのね。俳優さんみたいな発声って思ったけれど」

「そうかもしれません」

腹式呼吸。放送ではそんなに大声を出すことはないけれど、話すときにきちんと呼吸して身体に響かせて、通る声を出すやり方は練習した。

階段を上がったら、突き当たりに窓があって、廊下が横にあった。

「二階は三部屋あるの。狭いけれどね。そこは納戸《なんど》。物置ね。まだ余裕があるから何か置きたかったら好きに置いていいわよ。名前書くなりして誰のものかはわかるようにしてね」

「はい」

「ちょうどね、この部屋、いちばん広い部屋が空《あ》いていたのよ。広いって言っても八畳間ぐらいかしらね」

これも木のドアをからさんが開けた。板張りの洋間。黒い床に白い壁。ここの壁はレンガじゃなかった。これも、知ってる。漆喰《しっくい》の壁だ。

窓が二つあって、その窓の下に木の机が置いてある。すっごく古い感じの木の机。そして、ベッドはものすごく新しい。きっと無印とかイケアとか、あの辺で売ってるような最近のベッドだ。

わたしが送った段ボール箱が五箱、開かないでそのままここに置いてあった。

「きれいなお部屋です」

「そうね、お掃除はいつもきちんとしてあるから。この壁一面の本棚も良いでしょう？　昔はね、ここのご主人が書斎に使っていたのよ」

「ご主人」

「私の父親ね」

お父さんが。

「本は、読書は好き？」

「大好きです」

からさんが、こっくり頷きながらまた嬉《うれ》しそうに微笑んだ。

「じゃあ、私の部屋に本はたくさんあるから、後で見て御覧なさいな。読んでみたいって思った本は持ってきて、ここで読んでその本棚に置いていいわ。戻してもいいけど」

「はい。ありがとうございます」

「机はどう？　このまま使う？　使わないで新しいのを買うんだったら、タロウや柊也に言って物置に置かせるけれど」

タロウやシュウヤっていうのは、きっとここに住んでいる人だろうって思った。

「いえ、使います。ありがとうございます」

「椅子もね、今はこんな古い四つ脚のを置いてあるけど、キャスターが付いたのが欲しかったら自分で好きなのを選んで買えばいいわね。ベッドは達明に言われて買っておいたの。こんなので良かった？」

シンプルな木目の入ったベッド。下には引き出しも付いている。

「素敵です」

「あぁ、良かった。クローゼットはここにあるので充分《じゅうぶん》だと思うけど。荷物はそれだけしか届いていないし、今のところは充分よね」

全然大丈夫。服だってそんなに持っていないから。からさんが、ちょっと離れてわたしをまじまじと見た。

「ねぇ、まひろちゃんは、そんなに私と身長も体形も変わらないわね」

「そう、ですね」

そんな気がする。わたしはゴボウみたいだって言われたことがあるぐらい細くて、羨《うらや》ましがられることもあったけど、自分ではあまり好きじゃない。とんでもなく太っているよりはいいのかもしれないけど。

「後でね、私の服なんか見てみようかしらね」

「からさんの」

初めて名前を呼んだら、またニコッと笑った。

「そう、からって呼んでもいいのよ。伽羅でもどちらでもね。でもねぇ、普段一緒にいて呼び始めるとね、意外と伽羅って言《い》い難《にく》いらしいのよ。好きに呼んでね。そう、服ね、こんなおばあさんだけど服道楽でね。若い頃にはいろいろまぁたくさん着たのよ。ぜーんぶ取ってあるし、ああいうのは、流行《はやり》ってのは繰り返すからね。わかるわよね？」

「何となく」

「だから、まひろちゃんの好きな服があったら持ってっていいわ。後でね、一緒に見ましょう」

「はい」

何だか、嬉しくなってきた。ものすごく気難《きむずか》しい人のような気がしていたんだけど、全然そんなことない。

からさんは、楽しそうな優しそうな人だ。

「まぁ、とりあえず部屋はいいわね」

壁に掛かっていた丸い時計を見た。

「あの時計は余っていたのをさっき付けたんだけど、邪魔とか新しいのを付けるんだったら外《はず》していいわよ。まだお昼前だし、荷物を片づける前にちょっとお茶しましょうか。鍵とかも渡したいしね。あれこれお伝えしなきゃならないこともあるから。居間に行きましょう」

「はい」


階段を降りてすぐのところが居間。ガラスが入った戸を開けたら、こっちはやっぱり壁がレンガでカーペットが敷《し》いてあった。たぶんだけど、ものすごくふかふかのカーペットだったような気がするけど、すごく古いものだと思う。

革のソファが置いてあって、壁のところにものすごく大きなテレビと茶箪笥《ちゃだんす》みたいなのがある。

縁側みたいなところがあってそこは板の間になっていた。そこから、庭に出られるみたいだ。

洋室と和室が入り交じったみたいな、不思議な居間。

「そしてこっちが台所ね」

廊下を挟《はさ》んで反対側。

「広いでしょう」

「はい」

本当に広かった。居間と同じぐらい広くて、真ん中に大きな木のテーブルが置いてあった。六人ぐらいは楽に座れると思う。

「ご飯もここで食べるの。コーヒー淹《い》れてあるんだけど、ジュースとかもあるわよ」

コーヒーメーカーのポットを手にした。

「コーヒー、飲めます」

「もう淹れてあるのよ。さっき落としておいたの。ミルクと砂糖は使う？」

「使います」

「じゃあ、ミルクは冷蔵庫の扉のところ。お砂糖はその棚のところの白い瓶《びん》。シュガーって書いてあるでしょ。それを持ってきて」

「はい」

コーヒーカップを茶簞笥から出して、からさんがコーヒーをポットから入れた。わたしは冷蔵庫を開いて、中にびっしりいろんなものが詰まっているのにちょっと驚いてから、コーヒーのミルクを見つけて出して、それから砂糖の瓶を取ってテーブルに置いた。

向かい合って、座った。テーブルはもういろんなところが剝げていて古そうだったけど、木の椅子はとても新しいと思った。

「これね」

コーヒーを一口飲んで、テーブルの下に引き出しが付いていたらしくて、そこからからさんはキーホルダーを出してきて、わたしの前に置いた。

猫のキーホルダー。この猫、知ってる。有名なアーティストの猫のキーホルダーだ。

「こっちが部屋の鍵で、こっちが玄関の鍵ね。全然違うから間違わないでしょう。このキーホルダー、嫌だったら外すけれど」

「好きです。使います。ありがとうございます」

「まぁ、若い男の子もいるので、部屋の鍵は一応はきちんと閉めておいた方がお互いのためね。もちろん、そんな変なことはしないのは保証するけれど」

若い男の子。さっきのタロウやシュウヤって人たちのことだろうけど。

からさんが、わたしを見て、少し息を吐《つ》いて、微笑んだ。

「あれね、なんだか厄介《やっかい》、厄介じゃないかしらね。おかしなことになったなぁって思っているんじゃないのまひろちゃん」

「そんなことないです！　すごく良かったというか、助かったなって思っています」

「なら良いけれど」

あなたのことはね、って優しく言って続けた。

「全部達明から聞いたけれど、まだ十八歳なのに大変な人生だったわね、なんて安っぽいことは言わないわよ。それぞれ人は皆、それぞれに大変なことを経験して生きているんだから」

「はい」

「でもまぁ、かなり珍しいことになっているのは事実ね。私たちの関係も、小説に書いても面倒臭くてしょうがないと思うわよ」

「そう思います」

そもそもわたしの生みの両親は、名前しか知らないけれど、岩崎《いわさき》亭《とおる》さんと量子《りょうこ》さん。この二人が生物学上の親。

でも、二人はわたしが生まれてすぐに離婚して、お父さんである岩崎亭さんがわたしの親権を持った。

生みの母親である量子さんがその後どうなったのかは、まったく誰も知らない。捜そうと思えば捜せるとは思うけれど、今までそうしたことはない。

そして岩崎亭さんが再婚したのが神野かえでさん。

わたしはまだ三歳だったのでほとんど覚えていない。写真でしか、顔がわからない。ほんの二年にもならない間、わたしのお母さんだった人。

そのまま二人に育てられていたら、わたしは多少不幸があったけれどもそんなにも複雑ではない生い立ちだったのに。

岩崎夫妻は、お父さんお母さんは車の事故で死んでしまった。わたしが五歳になるとき。

わたしはその車には一緒に乗っていなかった。二人は遅めの新婚旅行中に死んでしまったんだ。わたしを、神野かえでさんのお母さんと妹に預けて。

その妹が、ひろみさん。

今のわたしのお母さん。

「まぁ本当に、聞けば聞くほど、複雑よね。自分でもそう思うでしょう？　人には言いたくないでしょう面倒くささくてね」

「はい。そうなんです」

「結局、あれなのね。誰も血の繋《つな》がりはないのよね」

ないんだ。

ひろみさんにも、お継父さんになった達明さんにも。わたしは血が繋がっていない。もちろん、からさんにも。

「でも、夫婦だって赤の他人なのよね」

「そうですね」

「だから、血の繋がりなんて世間が思うほどそう大したもんじゃないのよ。本人が気にするんなら別だけど」

からさんは、優しい眼でわたしを見ている。

「訊《き》いておきたいんだけどね？　まひろちゃん、自分のその生い立ちを、不幸だって思っているの？」

首を傾げてしまった。

「幸せではないかな、って思っていますけど」

確かにね、ってからさんも頷いた。

「決して順風満帆《じゅんぷうまんぱん》ではないわね。でも、そう思ってしまっていると、そこから抜け出せないわよ」

抜け出す？

「人が思うことって、人が想像するよりもその人を縛りつけちゃうのよ。自分は不細工だって思い込んでいるとどんどんそうなってしまう。自分は個性的だって思えば、個性の美しさが出てくる。そういうものよ。だから、あなたのその生い立ちは、ラッキーだったたって思えばいいのよ」

「ラッキーですか？」

「そうよ？　こういうふうに言って頭に来ちゃったらごめんなさいね。私はね、達明からあなたの話を聞いたときに、なんて運が強い子なんだろうねって思ったのよ」

「運が強いんですか」

「そうじゃないの？　もしもあなたが最初の両親と暮らしていたら、今よりももっと悲惨な人生になったかもしれないって考えればいいのよ。あなたは、自分の運でそれを何回も乗り越えてきて、今、ここにいるのよ」

運で乗り越えてきた。

わたしが。

「ねぇ、ここって素敵な家だと思わない？」

「思います」

「私も思っているの。こんな素敵な家を親から貰《もら》えて良かったなって。親には感謝しているのよ。その素敵な家に、あなたは住めることになった。しかもお家賃も払わずに。今どき、東京の一軒家に家賃なしで住める運がいい高卒の女の子が何人いると思う？　たぶんほとんどいないわよ」

笑っちゃった。

「そうかもしれません」

わたしは、高校を卒業したけれども、就職も進学もできなかった。そもそも進学することは頭になかったから、働こうって思って就職は決まっていたのに、それがぶっ飛んでしまった。

就職先の企業の不祥事で。

慌てて先生方も走り回ってくれていたんだけど、お継父さんが、達明さんが言ってきたんだ。

からさんと一緒に住むのはどうだろうって。

そういう意味では、本当に運がいいのかもしれない。

「私のことを、お祖母さんって思ってもいいのよ。実際見かけ上はそうなるのよ。わたしの息子はあなたの継父になったんだから」

もしも、誰かに紹介したりされたりするときには、からさんのことは祖母っていうことになるし、わたしのことを孫って言うんだ。

「お祖母さんって思えないんなら、雇い主って思ってもいいし、一つ屋根の下に住むことになったただの年寄りだと思ってもいい。大事なことは、縁があって一緒にいることになったんだから、お互いに気持ち良く過ごせるように思い合いましょうってこと」

思い合う。

すごく、いい言葉だなって思った。

「はい」

良かったわ、って笑って、からさんは頷いた。

「一緒にここに住んでいる三人はね、夕方には帰ってくるから。心配しなくても三人とも手は掛からないからね」

そのときに紹介するけど、名前だけでも教えておくわねって。

「カタカナでヤマダタロウ」

「ヤマダタロウ？」

「本名よ。漢字でね。三十五歳の、まぁアーティストね。カタカナのその名前で活動しているわ。ここの地下に住んでいるわ」

「ここ、地下があるんですか？」

「あるのよ。半地下の部屋がね。金属を使ったアート作品を造っていてね。ときどき作業を部屋でやって少しやかましくなることもあるけれど、まぁそれは慣れてあげてね。夜はやらないから」

金属を使ったアート。確かに、音は出そうだ。

「永沢《ながさわ》の祐子《ゆうこ》ちゃんは、二階の向かい右隣の部屋よ。五十歳になったかしら。スナックのママなの」

水商売の人だ。

「ジャズシンガーでもあるの。上手《うま》いのよ。この近所に住んでいたから小さい頃から知っていたんだけどね。本当にこの子はただの居候よ。でも気のいいおばさんだから心配しないで。近所のことをいろいろ教えてくれるから、そのうちに買い物でも一緒に行くといいわ」

「はい」

「もう一人はね野洲柊也《やすしゅうや》。その隣の部屋。二十三歳の大学生で、まぁ便利な子でね。建築学科の学生さんでね。器用なので、家の補修を一手に引き受けてくれてるの。助かってるのよ。頼めば家具でも何でも造ってくれるわよ」

大工さんみたいなものだ。

「どうしてここに住むことになったかは、そのうちに本人たちに聞いてちょうだい」

からさんは、文筆家。詩人でもあるし、画家でもある。アーティストだ。七十二歳になった今でも、作品を発表し続けているんだ。

実は、わたしは全然知らなかったんだけど、そっちの方面では有名な人。

わたしは、からさんの身の回りのお世話をしながら、付き人としてお給料も貰って、ここで暮らすことになった。

「家の中のこととか、私の仕事とか、細かいことはおいおいね。別に忙しくはないから、そのうちにわかってくるから。それとね、今日の午後一時過ぎに私の甥っ子が来るから」

甥っ子。

甥ということは、からさんのきょうだいのお子さん、かな。

「駿一《しゅんいち》というの。職業は刑事なのよ」

「刑事!?」

びっくりしちゃったら、笑った。

「やっぱり驚くかしらね。達明の従兄弟《いとこ》になるわね。ときどき、仕事絡みで相談がてら私の様子を見にくるのよ」

相談。

刑事さんが、からさんに仕事の相談って何だろう。

二　わたしのお仕事

家にいることが多いからさんのご飯は、基本全部自炊。自分で作って食べる。

お昼ご飯は大体いつも十二時半ぐらいから作り出すから、それまでは、まずは自分のお部屋を片づけていなさいってからさんは言ってくれた。

「一緒にお昼ご飯を作りながら、食べながら、これからの細々《こまごま》したことをお話ししましょう」

「はい」

まだ、午前十時。荷物は少ないから、全部片づけてもお昼には間に合う。

「手伝うことはある?」

「大丈夫です。荷物少ないですから」

「何かあったらね、呼んでちょうだい。自分の部屋にいるから」

「はい」

この家の一階には、玄関と居間と台所とお風呂とトイレに裏玄関。そしてからさんの部屋ともうひとつ部屋があって、そこは客間として使っている。ときには茶道や香道《こうどう》の部屋として使われるんだって。後は納戸《なんど》って言っていたけど物置部屋があるぐらい。

二階の自分の部屋に戻って、窓を開《あ》けた。ドアは開けたまま。ずっと人が住んでいなかった部屋だから今日ぐらいは少し風を通した方がいいかもね、ってからさんが言っていたから。

下の窓を上に上げる窓。焦《こ》げ茶色した鉄枠の窓で少し重いかな。ひょっとしたら油を注《さ》したらもう少し軽くなるかも。

「あ、でも」

油を注しちゃったら、ひょっとしたら軽過ぎて落ちてきちゃうのかな。後でからさんに訊《き》いてみよう。

風は暖かい。今日は気温が高いから全然大丈夫だ。

段ボール箱を開けていたら、下で玄関の扉が開《ひら》く音がして、「ただいまー」って女の人の声も聞こえてきた。

女の人。

ただいま、って言ったってことはきっとここに住んでいるもう一人の女性、永沢祐子《ながさわゆうこ》さんだ。夕方に帰ってくるって言っていたけど、そのまま階段を上がってくる音がして、ひょい、って開けてあったドアから顔が覗《のぞ》いた。

「まひろちゃんね?」

カーリーヘアに、にいっ、って笑った顔。紫色のジャケットにブラックのスリムジーンズ。少しだけ派手な格好だ。

「はい、そうです。こんにちは」

「こんにちは、永沢祐子です」

ドアのところにきちんと立って、ぺこんとお辞儀したので、わたしも慌《あわ》てて立ち上がって頭を下げた。

「神野《じんの》まひろです。よろしくお願いします」

「よろしくね。荷物、これから片づけするの？」

「そうです」

「手伝うわー。いい？」

すごく人懐《ひとなつ》こそうな笑顔のおばさん。五十歳って聞いたけどもっと若く見える。階段を上ってくる足音がまたして、からさんが姿を見せた。

「祐子ちゃんどうしたの。随分《ずいぶん》早いわね」

「キャンセルになっちゃったのよ。急に熱が出ちゃったとかで」

「あらそう」

「まひろちゃんの片づけ手伝っていいかしらね？　暇だし」

からさんがわたしを見てちょっと首を傾《かし》げるようにして、いいかしら？　って顔を見せたので、頷《うなず》いた。お手伝いしてくれるのを断る理由もないし、これから一緒に暮らしていく人なんだから。

「世話好きなおばさんなのよ。祐子ちゃんお昼はどうするの?」

「一緒に食べたいわ」

「そう、じゃあ今日は四人分ね」

「あら、他に誰か帰ってくるの?」

祐子さんがからさんに訊いた。

「駿一《しゅんいち》が」

あぁん、って祐子さんがちょっと眼を大きくさせた。

「刑事が来るのね」

あ、そうか、刑事さんも一緒にご飯を食べていくのか。何を作るんだろう四人前も。知っているメニューならいいんだけど。そして刑事さんは祐子さんもよく知っている感じなんだ。

よろしくね、ってからさんが下《お》りていって、祐子さんは、さて、って言いながら床に腰を下ろした。

「あ、キャンセルってね、ボーカルレッスンね」

「ボーカルレッスン」

「歌唄いって聞いた?」

「聞きました」

「これでもねけっこう上手《うま》いのよ。それでボーカルのトレーナーみたいなこともやってるの」

そうだったのか。

「楽しそうです」

「あら、唄うの好き？」

「好きです」

カラオケは、大勢で行くのは苦手だったけど、静香《しずか》ちゃんや、綾《あや》ちゃん、ノマちゃんとは何度か行ってる。自分の好きな歌を唄うのは楽しい。

「まひろちゃん、声が通るから歌も上手いんじゃないの？　カラオケなんかでけっこういい点数出るでしょう」

実は、けっこういい点数が出る。四人の中ではいちばんカラオケは上手かったかもしれない。

「歓迎会でもうちの店でやらないかしらね。でも未成年だしねまひろちゃんはまだ」

「そうですね」

お酒の出るお店にはまだ行ったことがない。

「そういうのはからさんが嫌がるからダメね。片づけで触《さわ》ってほしくないものあったら言ってね」

「あ、大丈夫です」

そんな大切はものは、ないです。

段ボール箱に入っているのは、服と、本と、後はノートパソコンとかタブレットとかぬいぐるみとか、枕も入っている。枕は使い慣れたものがいいと思って。

「とりあえず衣類関係はそこのクローゼットと、ベッドの下の引き出しにしまっちゃうから、後で自分で調整してね。その方が早くていいのよ」

「そうします」

祐子さん、手慣れている。荷物や部屋を片づけることが得意な人なんだきっと。

「なんかねー、嬉《うれ》しかったのよ。まひろちゃんが来るってこと。あ、今更《いまさら》だけどちゃん付けでいい？」

「もちろん、いいです」

そんなのは気にしません。ずっと年上の人なんだし。

「からさんのお世話をしてくれるって本当に安心。私もね、住まわせてもらっているんだからやれることはやろうって思っているんだけど、やっぱり夜の商売だしね。動いている時間帯がからさんとは合わないのよ」

「そうですよね」

スナックのママさんをやってるってことは、きっと夜中遅くまで仕事をしているんだ。今日は別にしても、午前中なんか眠っていることも多いんじゃないかな。

「ねぇ、訊かれたら困ることだったらノーコメントでいいからね」

「はい？」

「達明《たつあき》とあなたのお母さんが結婚したのよね。あ、血が繋《つな》がっていないお母さんっていうのは聞いたわ」

そうなんだ。頷いた。

「どうして二人は結婚式しなかったの？　からさんも今日、実の孫じゃないけれどそういう立場になるあなたと初めて会うんだって言ってて、えー、って思ったのよ」

あぁ。その辺《あた》りのことは話していなかったんだ。

「そんな大したことでもないです。二人が結婚を決めたのと同時に、お継父《とう》さんの、達明さんの転勤が決まっちゃったんです」

「転勤？　あらそうだったの。全然知らなかった」

「本当に急遽《きゅうきょ》決まったみたいで、札幌《さっぽろ》支社の支社長になったんです。栄転です。それで本当に急いで向こうに行かなきゃならなくて」

のんびり結婚式をやっている時間もなかった。かといって結婚前なのに単身赴任というのも変なので、お母さんも一緒に行くことにして、籍だけ入れた。向こうで二人だけで式をやって、写真は撮るって言っている。

「わたしもちょうど就職だったので、家族ができるのは嬉しかったですけど、新婚家庭で一緒に暮らすのもちょっとって考えてもいたし。二人が向こうに行って、わたしはこっちで一人暮らしを始めればいいってなったんですけど」

わたしの就職がぶっ飛んでしまった。就職先の会社のとんでもない不祥事《ふしょうじ》が発覚して。

「あらま。それでなの？　ここに」

そうなんです、って頷いた。

「最初は、達明さんが一緒に札幌に行って向こうのお店に、あ、スーパーの会社ってことは知ってますよね」

「知ってる知ってる。埼玉の大きなね」

「札幌に出すお店にわたしを就職させようかって言ってくれたんですけど」

すごくありがたかったけど、スーパーの店員さんがわたしに向いているだろうかって考えてしまった。

「何かアルバイトをしながら、こっちで一人暮らしでもいいかなって考えたんですけど、達明さんが思いついたように言ったんです。まだ会わせてもいなかったけれど、うちの母と一緒に暮らさないかって」

「なーるほどね」

からさんは、家の掃除や管理をしてくれる人を、ついでに住み込みで自分のマネージャーのようなこともしてくれる人を捜したいと思っていて、どこに頼んだりしたらいいかって考えていた。

達明さんも離れて暮らす、歳を取ってきたお母さんのからさんのことがそろそろ心配になっていた。今まではすぐ近くの埼玉だったから少しは安心していたけれど、札幌となるとおいそれとは帰ってこられない。

「二人の思惑がそこでちょうど一致したのね。まひろちゃんという存在に」

「そうなんです」

お家賃なしで一軒家に住めて、お給料も貰えて、こんなにいい就職口はないってわたしも思ってしまった。しかも、形としては孫と祖母という身内なんだから。

「ちょうどいいわよね。でも、あれよね？　これからずーっとここにいるってことに関してはいいの？　まだ高校卒業したばかりで若いのに」

「それは、平気です」

お継父さんも、それにからさんも言っていた。もしも、ここに住んで働いているうちに、自分でもっとやりたいことができたり、見つかったりしたら遠慮しないでそっちの道に進んでもいいからって。

ただ、できれば五年ぐらいは続けてほしいなってお継父さんは言った。

「五年、っていうのは？」

「達明さん、お継父さんが早期退職できる年齢だそうです。こっちに帰ってきてこの家に住むという選択肢も、一応は考えているからって」

「あぁん、なるほど。それはそれでいいわね。五年も経《た》てばここにいる居候《いそうろう》たちもいなくなるかもしれないしね」

私はきっといるけれど、ってペロッと舌を出して祐子さんは笑った。祐子さん、親しみやすくて楽しい人だ。

「でも、ずっといたくなると思うわ」

からさんと一緒に、って祐子さんが言う。

「素晴らしい青春の日々が、これからまひろちゃんを待っているわよ」

青春の日々。

「高校卒業して社会人になったって、まだまだまひろちゃんには青春が続くんだから」

そうなんだろうか。歌や物語でよく出てくる青春なんていうのは、いったい何なのか考えたこともないんだけど。

＊

「今日は、焼きそばにしましょう」

十二時を回ったので、台所に下りていくとからさんも自分の部屋から出てきて、台所に入ってきて言った。

「焼きそばですか」

「そう、買ってあるし、ちょうどね四人前あるのよ。これ」

冷蔵庫から出したのは、三人前がワンパックになった焼きそば。よく知ってる。わたしもお母さんもよく作っていた。そして、一人前が残っていたパックも。

「最初のお仕事ね。まひろちゃんの」

「はい」

わたしのこの家での仕事は、まず、からさんのお世話。朝昼晩のご飯の用意や、家の掃除や洗濯。もちろんからさん一人で今までやってきたんだけど、掃除に関してはこの広い家を一人でやって、そして管理するのがそろそろ辛《つら》くなってきていた。

だから、基本的には、まず家政婦さんみたいなお仕事。

「お料理は得意？」

「できます」

全然大丈夫。できる。今までも家事はお母さんと二人で全部やってきたし、洗濯も掃除も好きで得意だ。お料理はお母さんに任せていたところが多かったけれど、嫌いじゃない。

それに、お母さんと二人でやってきたことを、今度はからさんと二人でやるだけだから、そんなには毎日の生活は変わらない。家がすごく広くなったからその分は大変だけど、やりがいがあるかもしれない。

そう言ったら、からさんが大きく頷いた。

「好きなことと、得意なことをわかっているのは、いいわね」

「何がいいんですか？」

「今日からは、それがお仕事になるのよねまひろちゃんの。そしてね、人は得意なものを仕事にできるのがいちばんなのよ。人って好きなことを仕事にできたらいちばん良いって言うけれど、実は好きだから得意だとは限らないのよね」

ああ、そうか。

「そうですね。好きなことと、得意なことって違うことがありますよね」

「そうなの。音楽が好きでも音痴な人はいるし、掃除なんか好きじゃないけどやったらきっちり凄《すご》くきれいにできる人もいるわよね。そういうことがちゃんとわかって、それで得意なことを仕事にした人って、しっかりとした仕事ができるものなのよ。もちろん、好きでかつ得意なものが仕事にできれば、それはとても幸せなことだろうけれどね」

本当だ。今、気づいた。

そんなこと考えたこともなかったけれど、好きだから得意とは限らないし、そんなに好きじゃないけど得意なことってあるのかもしれない。

「からさんは、その、創作活動が得意だったんですか？」

ほんの少し、微笑《ほほえ》んだ。

「得意だったんでしょうね。自分では気づいていなかったけれど、小さい頃から文章を書いたり絵を描いたりすることを、まるで呼吸をするのと同じようにしていたっていうから」

「呼吸」

それは、凄いことだ。わたしは自分で文章を書こうなんて思ったことないかもしれない。お絵描きは、小さい頃はやっていたけれど。

ちょっと驚いていたら、からさんは少し首を傾げてからわたしを見た。

「よくね、創作を仕事にしている人を凄いですねぇ、なんて言うじゃない？　まひろちゃんもそう思う？」

「思います」

「けれど、何も凄くはないのよ。どこかに就職して、たとえば経理を自分の仕事にするのと、私みたいに詩作を仕事にするのは、何も変わらない。同じなのよ」

「同じですか？」

全然違うと思うけれど。

「できることが違うというだけよ。わたしはお金のことは税理士さんに全部お願いしているけれど、とてもあんな仕事はできないわ。いつもいつも感心しちゃうのよ。凄い才能だなぁってね」

「税理士さん」

確かに、お金とか税金の計算とか凄く難しいって聞くけれど。

「世の中のお仕事って全部そうよ。できる人が、その仕事をする。そしてきちんとできる人はその仕事に対する才能を持っているの。まひろちゃんが掃除が得意だというなら、掃除をする才能がある。そしてそれでお金を稼げるのならば、自分の得意なことを仕事にできた幸せな人ってことよ」

「そう、なんですね」

就職のときに、そんなこと考えたこともなかった。

「さぁ焼きそばには、当然」

「お野菜と、お肉」

「そうね。冷蔵庫にあるから自分で選んでちょうだい」

自分でやる、仕事としての料理。野菜室にはたくさんの野菜があった。キャベツがあったし、ピーマンもある。

「玉ねぎはどこですか？」

「そこの棚の下にあるわ」

木製の棚が冷蔵庫の横にあって、そのいちばん下の籠《かご》の中に玉ねぎがあった。それだけで充分《じゅうぶん》だと思うけど、冷蔵庫にはもやしもあった。しかも二パックも。

「もやしも使っていいですか？」

「いいわよ。もう今日からお任せするから、好きにしてちょうだい。今日は初日だし四人分だから私も一緒に作るけれど、明日からは、私と二人きりの食事のときは任せちゃうから」

「はい」

「他の住人が一緒に食べるときなんかはね、皆が料理ができるから一緒に作ったりするし大丈夫よ。もやしも焼きそばに入れるの？」

「いえ、おかずも作りたいなと思って」

いつも作っていたもやしのレシピがある。オリーブオイルがたくさんあるのを見つけたから。

「もやしのペペロンチーノ作ります」

「ペペロンチーノ？」

「簡単なんです。オリーブオイルと赤トウガラシだけで作れます。うちでよく作っていたんです」

お野菜たっぷり摂《と》れる。お肉は豚バラ肉があるから、これを使えばいい。男の人もいるんだったら、それだけじゃ淋しいだろうか。

「甥《おい》っ子の刑事さんは、たくさん食べますか？」

「そんなに食べないわよ。もう五十に手が届くんだから」

じゃあ、スープを作ろう。卵もあるし、乾燥わかめも見つけた。

「卵とわかめのスープ作ります」

「いいわね。春雨《はるさめ》あるわよ？」

「あ、じゃあ入れましょう」

麺っぽいものが並んじゃうけど、家で食べるお昼なんだからそれでいいんじゃないかって思う。

「たぶん、駿一はマメだからお土産《みやげ》買ってくるから。甘いものが好きで、あんパンとか鯛焼きとかよく持ってくるから」

「いいですね」

足りなければそれをデザート代わりに食べればいいんだ。

「紅生姜《べにしょうが》が少ししかないですね」

「大丈夫よちょっとずつ使えば。後で買い物リストに入れておいて。玉ねぎ切るわね」

「はい」

わたしは、ピーマンを切ろう。ここの台所は広くてとてもお料理がしやすい。二人が並んで野菜が切れて、肘がぶつからないなんて。

「昔はね、この家にたくさん人が住んでいたのよ。今よりも多い八人ぐらい」

「八人は、たくさんですね」

「だからこんなふうに台所も広いのよ」

台所が広いって、いい。お母さんと暮らしたアパートの小さいのも距離が近くてそれなりに良かったけれど。

焼きそばに入れるピーマンを、四人分ってことは一人一個は多いだろうか。でも小ぶりだからいいかな。四個を一気に切っちゃう。四個も一気に切るのは初めてかもしれない。

「わたし、たくさんの人のご飯作るの好きみたいです」

「あぁ、それはね、料理好きなら皆そうよ。そりゃあ何十人前もはちょっと辛いけれど、五、六人とか七、八人分の料理を作るのって、どかーん！　って一杯できるから楽しいのよ」

「本当ですね」

新たな発見だ。

そういえば今まではお母さんと二人分の料理しか作ったことなかった。

「毎日のお献立は任せるわ。私はほとんど好き嫌いはなし。量はもう食べられないから、あなたの半分の量でいいぐらいよ。買い物も、食費の分のお金は予《あらかじ》め渡しておくから好きにやって頂戴《ちょうだい》」

「はい」

「私が買い物に一緒に行きたいときにはそう言うから、お買い物に行くときには声を掛けてね」

きちんとスケジュール表が作れればそうした方がいいかな。

「それと、居候たちが一緒にご飯食べたいって言ったときには素直に作ってあげてね。食費のことは気にしないでいいから。向こうが払うと言えば、貰っておいていいし。そのお金は食費でも生活費でも好きに使って頂戴」

なるほど。これはお母さんがよく言っていたどんぶり勘定ってものだな。

「やることありますー?」

祐子さんが台所に入ってきた。

「焼きそばよ。お皿とか用意しておいて頂戴な」

「はいはい」

茶簞笥《ちゃだんす》は、木製のすごく立派なものだ。そこに素敵な食器がたくさん並んでいる。毎日の食器を選んだりするのも楽しそうだ。

「私の仕事のスケジュールも、後で渡しておくけれど、まひろちゃん、スマホはiPhoneよね？」

「そうです」

「じゃあ、私のとデータ共有できるわよね祐子ちゃん」

「できますよー。簡単」

「そうしましょう。私のパソコンはMacなんだけど」

「あ、わたしiPad持っています」

「ますます簡単よ。後で教えてあげる」

そうか、からさんはMacを使いこなすのか。そして祐子さんもそういうのに強いんだ。そういえば音楽をやったり、絵を描く人なんかは、iPadとかMacとかよく使っているんだっけ。

「私の仕事先とか、担当者とか、かかりつけの病院とか、行きつけのお店とか、そういうのも全部渡しちゃうから」

からさんのお世話と同時に、マネージャーみたいなお仕事。

「資料を探したり、買ってきたり、あるいはお届け物をしたりね」

「はい」

「出版社やギャラリーやそういうところにも荷物を持ってお供したり。健康状態にも気を使ったりよね」

祐子さんが言う。

「私もね、ちょっとぐらいはそういうお手伝いをしていたのよ」

「そうなんですね」

「あなたは二日酔いの日が多くてね。私の健康よりもあなたの健康の心配しちゃうから困るのよ」

「面目無い《めんぼくな》」

笑った。

「この子の家はね、この家の裏の方だったのよ。今はもうなくなっちゃったけどね。毎日のようにうちの庭に入り込んで来てたの」

「お庭ですか」

「ここの庭の手入れも楽しいわよまひろちゃん。小さいけれど、たくさんお花が咲くし、今年はもう散っちゃったけど桜は毎年見事だし」

「桜の木があるんですね」

「柿の木もあるのよ。よじ登って取ってからさんに怒られたわー。まひろちゃんもよじ登って取ってね。ここの柿、どういうわけか美味《おい》しいのよ」

美味しい柿ができるんだ。個人の家の柿の木の柿なんか、食べたことないかも。

「私はちょうどまひろちゃんぐらいの、あ、まだ高校生のときにね家出したのよ」

家出。

「まぁいろいろあってね。アメリカ、ニューヨークにも行ってたのよ。歌を唄いに」

「スゴイです」

アメリカって、海外で唄っていたんだ。

「戻ってきたときにはね、もう家はなくなっていて親もいなくてね。からさんは変わらずこの家にいてくれたから、ちょっとだけ泊めてもらおうかなーって思ったのよ」

「そのちょっとからもう何十年経《た》っているのよ」

からさんが言って、祐子さんが笑った。

「何十年も経っていない。十年ぐらいでしょ？」

「十五年よ祐子ちゃん」

十五年。何十年も十年ぐらいもどっちも合っていないけど、十五年も祐子さんはここで暮らしているんだ。

それぐらい、祐子さんが近所にいた頃には仲が良かったりしたんだろうか。からさんと祐子さんはたぶん二十歳以上も年が離れていると思うけど。それこそ、親子ぐらい離れている。

「そろそろ来るかしらね。まひろちゃん、焼きそば作っていいわよ」

「あ、はい」

からさんが時計を見た。台所の柱に掛けてある古い形の掛け時計。柱時計って言うんだっけ。ガラスの扉が付いている振り子時計。

それが、一回鳴った。

そうか、鳴るんだこの時計。この音にもそのうち慣れるかな。

「こんにちは」

玄関から男の人の声。

「いいわよー、私出る」

祐子さんが玄関へ歩いていった。ぴったり一時にやってきた刑事さん。時間に正確なのは、刑事さんだからなのか、元々そういう性格の人なんだろうか。


「いただきまーす」

からさんは、言いながらきちんと手を合わせた。祐子さんと刑事さんはいただきますを言ってそのまま食べ出した。

刑事の三原《みはら》駿一さんは、わたしのお継父さんになった三原達明さんの従兄弟。もう何年も前に亡くなった伽羅《きゃら》さんのお兄さんの子供で、年齢はお継父さんのひとつ下だって。

「美味しいですよ、このもやしのペペロンチーノ。初めてだなー」

笑った顔が、少しお継父さんに似ている気がした。従兄弟だからって似ているとは限らないんだろうけど。そういえば声の響きも少し似ている。

「この人ね、まひろちゃん」

「はい」

「十年前までは一般人だったのよ」

「一般人？」

「警察に入ったのは十年前なの。スカウトされたのよ」

スカウト？　警察に？

「渋谷《しぶや》署にいるんだけどね。国際犯係っていう、要するに外国人の犯罪を扱う部署なんだ」

外国人の。

「駿一はね、ずっと商社で海外の仕事をしていたの。貿易関係ね。大袈裟《おおげさ》に言えば、語学に関しては天才ね」

「語学ですか」

「日本語、英語、中国語、フランス語、ドイツ語、韓国語ね。これだけ喋《しゃべ》れて聞けて、その他にもかなりたくさんの言語を理解できるのよ。耳が人間離れしているぐらいいいのね」

スゴイ。なんだろうそれは。

「何せ猫や犬の言葉もわかるっていうんだからね」

祐子さんが言って笑った。

「わかるんですか!?」

駿一さんが苦笑いした。

「長く一緒に住めば、その個体がどんなときにどんな音で鳴くのかを理解できれば誰でもだいたいわかるよ。飼い主とはそういうものだろう」

猫や犬を飼ったことがないのでわからないけど。

「まだスマイルには会えてないでしょまひろちゃん」

「スマイル？」

そうそう、ってからさんが頷いた。

「言ってなかったけど猫がいるのよ。でも、人見知りなので当分はまひろちゃんの前には出てこないわきっと。私の部屋にいるから後で挨拶するといいわ」

嬉しい。猫を飼ってみたかったんだ。

「あの、スカウトって？」

「そう、外国人犯罪の増加でそういう人材が必要でね。実は警察学校を出ているんだ。二年ほどで辞めてしまったんだけど」

「あ、それでですか」

民間人の登用というものをやっているらしい。駿一さんは警察官経験もあったので声が掛かって、今は巡査部長だとか。

「相談って、あの、ひょっとしたらそういう言葉に関するものですか」

からさんは詩人で、小説家で、言葉の専門家でもあるんだろうから。

「そうだね。まぁ簡単に言うとまとめなきゃならないレポートのようなものがあってね。外国語を日本語にするときの表現の仕方とかね」

「からさんも英語やフランス語はできるのよ」

そうだったんだ。からさんは外国語にも通じているのか。

三　いろいろな生き方

「駿一《しゅんいち》さんは、よく家に来られるんですか？」

祐子《ゆうこ》さんと二人で洗い物をして台所を片づけながら訊《き》いてみた。

「そうねぇ」

ちょっと首を捻《ひね》る。

「まぁ甥《おい》っ子としては、ちょこちょこ顔を出す方なんじゃないかしらね。駿一は、小さい頃に一時期ここに住んでもいたのよね」

「あ、そうなんですね」

「あなたのお継父《とう》さんがここを出て埼玉に行ってからも、東京にいる駿一が様子を見に来ていたりしてる。そもそも、からさんと亡くなったお兄さんも仲良し兄妹だったからね。皆が仲良いのよ」

亡くなられたお兄さん。

そういえば、って、ちょっと疑問に思った。

「あの、じゃあこの家って、普通はお兄さんとかが継ぐとかそういうのは」

うん、って頷《うなず》いた。

「からさんのお兄さんはね、大学の頃から海外とかで暮らしていたからね。イギリスとかで仕事していたから、自然とこの家にはからさんが住んでいるって感じかな。たぶん駿一がここで暮らしてたっていうのも、その辺の関係じゃないかしら。親が海外に行ってるとかでね」

あれ、今気づいた。

「ひょっとして祐子さんって、お継父さんや駿一さんと幼馴染《おさなな》み《じ》って感じですか？」

祐子さんはこの家の裏の方に住んでいたんだし、年もそんなに違わない。祐子さんがちょっと笑った。

「幼馴染みと言えるっちゃあ言えるけど、年は三つぐらい離れてるから、よく一緒に遊んだとかってことはないかなー。まぁ近所に住んでいた、子供の頃からの顔見知りって感じね」

「そうなんですね」

「大人になって、私がここに住み始めてからはよく会って話すようになったね。それこそ小さい頃の話とか」

「小学校や中学校は一緒なんですよね」

「そうそう、その辺の話はなんだかんだで盛り上がるわよ。共通の知人も多いしね。あ、それこそね、駿一がふられた女が私の同級生よ。あいつ若い頃からずっと年上好みなのよね」

笑ってしまった。そんなところが繋《つな》がってしまうんだ。

「駿一さんはご家族は」

「バツイチ。どこだったかな、イギリスだかフランスだかの人と一度結婚したけど、別れてからはずっと一人かな。子供もいないし」

バツイチか。

何か、急に自分の周《まわ》りに大人の人がたくさんいるようになってしまった。今まで、周りには同級生の子しかいなかったのに。

片づけが終わって、さぁじゃあ晩ご飯のことを考えなきゃならないんだ、って思った。少なくともメニューをどうするか、冷蔵庫にあるものを見て決めなきゃならない。冷蔵庫を開《あ》けて中を見ていたら、祐子さんが言った。

「晩ご飯？」

「はい。祐子さんは今夜はどうしますか」

祐子さんがにいっ、と笑った。

「今夜のメニューは決まってるわよ。すき焼き」

「すき焼きですか？」

「今日、まひろちゃんが来るからね。ご挨拶《あいさつ》も兼ねて一緒にご飯を食べようってことに、からさんがしたの。だからタロウも柊也《しゅうや》も夕方には帰ってくるのよ」

「そうなんですね」

気を遣《つか》ってもらっちゃった。何だか嬉《うれ》しい。そういえば冷蔵庫にはちゃんとすき焼き用のお肉もたくさん買ってあった。

「私はお店があるからいないけど、お昼一緒に食べられたからちょうど良かったわ。ここで晩ご飯を食べることはまずないの。一ヶ月に一回とか二回とかそんなものかしら」

たぶんそうだろうなって思ったけど。

「朝ご飯とかは」

「私は遅いからね。ささっとあるもので食べるから大丈夫。お昼に時間が合うときにはこれからはまひろちゃんに言うわ。ついでに言うと、タロウね。ヤマダタロウも夜にバイトしたり、工房で作品作ったりしてるから、そうねぇ、ここで食べるのは一週間に一回とか二回ぐらいかしらね。食べたいときにはLINEが来るから。LINEやってるわよね？」

「やってます」

「ちょうどいい機会だからグループ作っちゃいましょ。からの家のグループ。それでまひろちゃんに連絡来るようにすればいいわ」

「そうですね」

事前に教えてもらわないと、ご飯作りは大変だ。お母さんと二人の頃も、それだけはしっかり連絡していた。

「柊也はね、けっこう食べるわ。週に三、四回は食べてるはず。あの子は、食費の代わりに家の修繕《しゅうぜん》とかしてるからたくさん食べさせてあげて。いろいろ苦労してるのよ。朝ご飯はね、二人とも起きたときに適当に食べてるはずだけど」

「わかりました」

まだ大学生なのに、苦労しているのか。

「あと、そうねぇ。スケジュールの共有とかは駿一が帰ったらやるとして、あ、お風呂ね」

「お風呂」

「からさんはねお風呂大好きなの。晩ご飯の後に毎日入るのよ。お風呂の中、見た？」

「まだ見てないです」

ここがお風呂だっていうのを知ってるだけ。

「来て来て」

手招きしながら祐子さんが廊下に行くので後ろから走った。そのままお風呂の引き戸を開けた。

「ここがお風呂ね。ほらー、すごいでしょ」

「わ」

ガラス戸の引き戸を開けたら、そこはタイル張りのお風呂。床も壁も、そして湯船も全部そう。まるで銭湯みたいな感じ。しかも、大きい。

「ちょっと狭くなるけど、湯船は私とからさんとまひろちゃんが一緒に入っても大丈夫よ」

「本当ですね」

確かに湯船には並んで大人が三人入れそうだ。でも二人ぐらいがちょうどいいかな。一人なら広過ぎるぐらい。

「お掃除大変なのよ。ブラシでこすってね。銭湯とか掃除する様子を何かで見たことない？」

「あります」

テレビのドキュメンタリーで観たことある。あと、映画でも。

「ほら、ここに掃除道具があるの」

脱衣所の隅の木製の背の高い棚。ロッカーみたいだ。

「床や壁や湯船を掃除するデッキブラシね。洗剤はこれ。これで毎回掃除しないとダメなのよね。これが結構年寄りには応《こた》えるのよ」

「応えそうですね」

でも、なんか腕が鳴るって感じだ。こんな大きなお風呂をデッキブラシで掃除できるなんて。

「天井はどうするんですか？」

天井は、タイルじゃない。あれはモルタルとかそういうものなんだろうか。

「さすがに天井とかは半年に一回ぐらいね。脚立を持ってきて掃除するわ。水着を着てやるのよ。ゴーグルもかけて」

「楽しそうです」

「掃除はね、毎日じゃないのよ。昨日お湯を張ったから、今日は少しお湯を抜いて熱いお湯を足《た》して入るの」

「じゃあ、今夜はこのままお風呂に入って」

そう、って祐子さんが頷く。

「明日の夕方ぐらいに掃除ね。二日に一回って感じだけどまぁ今日は湯船と床だけにしとこうとか、壁なんかはちょっとサボっても平気よ。お湯は三十分ぐらいで一杯になるから。多少溢《あふ》れても大丈夫よ。ここの家のボイラーはほとんど業務用みたいなごっついものだから」

業務用。どんなボイラーなんだろう。

「そしてここは基本女性優先」

「優先」

「男二人はね、女性が済んだ後に入るか、もしくは近くの銭湯に行くから心配しなくて大丈夫。まぁあいつらは大体は銭湯に行くわね。このお風呂の洗面所も女性専用ね。お化粧道具とか全部こっちでいいわよ」

「何か、きちんとちょうど良く分かれているんですね」

「もちろんよ。元々はからさんと私がずっと住んでいるんだから。タロウと柊也が転がり込んで来たのは偶然にも二年前ね」

転がり込んできたんだ。洗面所はお風呂とは別にあるから、じゃあ向こうの洗面所はほぼ男性専用って感じじか。

「近くに銭湯あるんですね」

「歩いて十分ぐらいよ。チャリならすぐね。私もお店がちょうどここと銭湯の中間《ちゅうかん》ぐらいだからたまに銭湯で一番風呂を使うこともあるわ。それ以外はね、私が店に出る前に自分でお風呂洗ってお湯入れて、最初に入っているの。私は熱い風呂が好きだから、からさんが入る頃には年寄りにはちょうど良い熱さになってる」

なるほど。

「それぞれの部屋の掃除は、それぞれするからしなくて大丈夫。からさんのお部屋はからさんの仕事の都合のいいときにね。あそこはスマイルがいるから、猫の毛とかいっぱいあるの」

猫ちゃん。

「スマイルは何歳なんですか?」

「九歳ぐらいかな? 元々野良だから正確にはわかんないの。不思議なものでね、この家には代々猫がやってくるの」

「やってくる?」

「前にいた猫は、ポン吉って言ってタヌキみたいな顔をしていたのよ。その前はね、ローラだった。皆ここに迷い込んできた野良猫なの。そして死んじゃうと、そんなに経《た》たないうちにまた迷い込んでくるのよね」

それは、本当に不思議だ。

「この辺は、地域猫とかいるんですよね？」

「いると思うわ。でも、この家に来るのは全部野良猫。お母さん猫からはぐれた、子猫ばっかり。本当に不思議よ」

そんなことがあるんだ。猫が迷い込んでくる家。スマイルは、どれぐらいでわたしに馴《な》れてくれるかな。

＊

からさんの部屋は、二間《ふたま》続きだった。最初の部屋は裏庭に面していて大きな縁側があって、たくさん陽《ひ》の光が差し込んでくる洋間。

アトリエになっていた。小さなアトリエ。絵の具とかいろんな画材とかが壁一面の木の棚やたくさんの引き出しにとてもきちんと整理されていて、まるでカラフルな理科室みたいだった。小さな、ハガキぐらいの大きさの絵がたくさん壁に飾られている。それを観ているだけで何時間も過ぎちゃいそうだ。

ドアも扉もなくて続いている隣の部屋には大きな木の机と、壁一面の本棚。びっしりといろんな本が並んでいて、そして、スマイルがいた。椅子の上に置かれた柔らかそうなクッションの上に。

スマイルは、わたしを見ても逃げたりしなかった。真ん丸い眼でじーっとわたしを見ていた。

「逃げないわね」

からさんが言った。

「大丈夫ですかね」

「けっこうすぐに馴れるかもしれないわね。いつもなら知らない人が来ると隠れちゃうから。近づいてくるまで構わないでおくといいわ」

そうしよう。猫ってそうだよね。綾《あや》ちゃんちのメルちゃんもそうだった。自分から近づいてくれるまでガマンするんだ。

「これで、オッケー。共有されてるでしょ？」

祐子さんが iMac の前で言った。

「あ、されてます」

たった今、からさんの iMac から祐子さんが書き込んだわたしの誕生日が、ちゃんとわたしの iPhone のスケジュールにも反映された。何となく知ってはいたけど使ったのは初めてだ。

「スゴイですね」

「そんなので驚いてたらどんどん遅れちゃうわよ若いのに」

「わたし、わりとこういうのに疎《うと》いんです。友達から教えてもらうばっかりで」

ＳＮＳもほとんどやっていない。LINE だけはやってるけど。

「祐子さんもからさんも詳《くわ》しいんですね？」

「詳しいってほどでもないけどね。私もからさんも仕事で使ってるから」

「否応無《いやおうな》しに覚えちゃうわね。でも、私はね、書き物の仕事の原稿は、原稿用紙に手書きなのよ」

「そうですよね！」

大きな木の机の上に乗っている原稿用紙を見たんだ。そこに、万年筆で書いたからさんの言葉があって、ものすごく個性的だけど素敵な文字に感動していた。

こんなふうに原稿を書いているんだって。

「じゃあ、それをわざわざ打ち直すんですか？　パソコンで」

からさんが小さく微笑《ほほえ》んだ。

「打ち直すこともあるし、たとえばこの原稿用紙をそのままスキャンしてＰＤＦで送ることもあるし、その仕事によっていろいろね」

ＰＤＦは知ってる。仕組みとかはまったくわからないけど、一応は知ってる。

「まひろちゃんは、パソコン打てるの？」

祐子さんが言った。

「実は、タッチ・タイピングできます」

ちょっと自慢してしまった。

「スゴイじゃない！　習ったの？」

「放送部で、アナウンサーの原稿を書くのにパソコン使っていたんです。それで、顧問の先生がそういう資格みたいなものを持っていて習いました」

からさんもちょっと眼を大きくさせた。

「それじゃあ、まひろちゃん。たとえばこの原稿用紙ね、四百字詰めの普通のものだけれども、びっしり書いた原稿一枚を渡したら、ものすごく速く打てるのじゃない？」

「ものすごく速いかどうかはわからないです。ちょっと打ってみましょうか」

「やってやって」

祐子さんが椅子から立って、代わりに iMac の前に座った。からさんがディスプレイを指差した。

「このアイコンをクリックしてちょうだい。そうそう、いつも書き物にはこのソフトを使うの。そう、で、書類の新規作成を押して、それが白紙の原稿ね」

からさんが、原稿用紙を一枚、脇のスタンドに置いた。

「エッセイの原稿なのよ。まだ締切りまでには余裕があるし直すんだけど、これを打ってみてちょうだい」

「打ちます」

からさんのエッセイ。読みながら、打ち込む。iMac は初めて使うけれど、キーボードのタッチがすごく好みだ。ちょっとスタンドの位置が高いけど、大丈夫か。

原稿を打つときには、句読点をしっかり意識するようにする。アナウンスで読むときと同じように。

おもしろい。からさんの原稿は、句読点の位置がちょっと独特だ。でも、読みやすくて打ちやすい。

「速いわまひろちゃん！」

「そうですか？」

カシャカシャってキーボードの音が響く。スマイルが首を伸ばしてこっちを見ているのがわかった。

「充分《じゅうぶん》速いと思うわ。もういいわよ」

「はい」

からさんが、原稿を持って、ディスプレイと見比べてにこっと笑って頷いた。

「打ち損じがひとつもないわね。思ってもいなかったんだけど、まひろちゃんにこういう原稿の打ち込みなんかのお仕事も頼めるかしら」

「できます」

「机もう一台置いちゃおうかしらね。まひろちゃん用に、この部屋に」

「置けるんじゃないの？　この辺整理すれば」

祐子さんがアトリエの方の一角を指差した。

「置けるわね。ちょうど小さな机が余っているし、同じ部屋にいてくれた方がいいときもあるだろうし」

嬉しくなった。自分にできる仕事が増えるって、嬉しい。

「祐子ちゃん、そろそろ時間じゃないの」

「そうね」

お風呂に入って、お店に出る時間になる祐子さん。

「あの二人ももうすぐ帰ってくるわよ。あ、私はね、帰ってくるのはけっこう遅いから気にしないで寝ちゃって。そして起きてきたりしなくていいからね。気になったとしても慣れてちょうだいね」

「はい」

しばらくは慣れないかもしれないけど大丈夫だ。わたしは大人しいくせに神経や胆《きも》は太いってお母さんにも言われてた。

五時過ぎに、からさんの家に一緒に帰ってきたタロウさんと柊也さん。別に待ち合わせをしたわけじゃなくて、駅で偶然会ったんだって。

坊主頭で青いツナギを着ていたヤマダタロウさんは、三十五歳。サングラスの丸眼鏡は溶接に使うものだって。眼鏡を取ると、普通にしていても何か恥ずかしがってる雰囲気《ふんいき》の顔をしていた。

髪の毛がサラサラしていた野洲《やす》柊也さんは、二十三歳。浪人して大学に入ったので、まだ三年生だった。ものすごく背が高くて身長は百九十センチあるんだって。

「もう慣れたけど、よく頭をぶつけていたんだ」

そう言って笑った。この家は古いから、鴨居《かもい》とかがそんなに高くないんだ。わたしは全然問題ないけど、百八十センチ以上ある人は、頭を下《さ》げないとドアをくぐれない。

晩ご飯は、いつも大体六時半ぐらいからだけど、今日は二人ともこの時間に帰ってきたので、すぐに準備を始めた。

すき焼きは、簡単だ。しらたきを下ごしらえして野菜ときのこを切ったりしてしまえば、あとは煮るだけ。

からさんの家のすき焼きの作り方は、うちとほぼ同じだった。割り下を醬油と味醂《みりん》と砂糖と水で作って、油を回してネギと牛肉を焼いた鍋に入れて、煮る。割り下の味付けはうちよりちょっと甘かった。でも、美味《おい》しい。ひとつだけ違うのは、豆腐の種類。うちは普通の木綿豆腐を使っていたけど、からさんの家は焼き豆腐。

ご飯を炊《た》いて、お味噌汁はネギだけのシンプルなもの。これはからさんに言われてそうした。すき焼きのときにはその方がいいでしょうって。確かにそうかもしれない。

「今日は二人にビールを奢《おご》ってあげる。一本だけね」

からさんが出してきたのは、瓶《びん》のビール。たぶんわたしは瓶ビールを手に持ったのは初めてだ。缶ビールなら、お母さんがたまに飲むのを持ったことあるけど。

からさんは、家では滅多《めった》に飲まないいけれど、お酒の中でいちばん好きなのはビールなんだって。

大変な仕事が終わったときとか、ずっと描《か》いていた絵が完成したときなんかに飲むことがあるって。

三人で一杯ずつグラスに注《つ》いだ。もちろんわたしは、お茶だ。お酒はまだ一度も飲んだことがない。

四人で、台所のテーブルを囲む。

「いただきます。まひろちゃんよろしく」

「よろしくお願いします」

乾杯してしまった。

「いや本当によろしくお願いしますだよまひろちゃん。あ、オレのことはタロウって呼び捨てでいいからね。むしろそう呼んでほしいしタメ口でいいし」

年上なんだから呼び捨てもタメ口もちょっとって思う。わたしは、そういうところ融通《ゆうずう》が利かない方だ。

タロウさんは、わりとお喋《しゃべ》りな人らしい。帰ってきてからずっと喋っているし、そして少し早口だ。

「ほら、しばらくは一つ屋根の下で一緒に暮らすんだから、自己紹介なさいな。タロウから。どうしてここに居候《いそうろう》しているかとかね」

からさんが、お肉を取りながら言った。祐子さんが言っていたけど、からさんは実は肉食女子なんだそうだ。毎日何かしら肉を食べさせた方がいいわよって。

「あぁ、あのねまひろちゃん。オレはねぇ、まぁニートだったのよ。今もそんなに変わんないけどさ」

「ニートですか？」

働いていなかったのか。

☆

引きこもりだったんだよ。そう、もう文字通りのどこからツッコまれても言い切れるほどの引きこもり。

まぁいろいろあってさ。さすがにそんな話はしたくないし。

高校ぐらいから十年間ぐらいさ、ほとんどなんにもしていなかった。

親はいなくてさ。おふくろはオレが五歳のときに病気で死んじまったんだ。親父にいたっては刑務所で死んじまったらしいよ。それはオレの生まれる前ね。中々に悲惨な出生の秘密でしょ？　あ、でも別に暗くなったりしないでね。本人この通りもう明るく前向きな人間になってるんで。

十五歳も年の離れた兄貴がいてさ。おふくろが死んだ後ずっと兄貴に面倒見てもらっていてさ。あ、兄貴は結婚しているんで、その嫁さんにもね。あかりさんっていうんだけど本当にいい人でさ。オレのことを息子みたいに思ってくれてるんだ。

まぁそんないい人なのに引きこもっちゃって二人には申し訳ないなって思ってたけどさ。

ずっと部屋で本ばかり読んでたんだ。

うん、何でも読むんだよ。

小説ばかりじゃなくてとにかく文字が書いてあれば何でも読むのが好きなんだ。スーパーのチラシだって熟読しちゃうよ。

まひろちゃん、共感覚って知ってる？

そうそうそういうの。

俺の場合はね、文字に色を感じるんだ。色、カラーね。その文字とか言葉とかそういうものにいろんな色を感じちゃうの。いやもちろん文字は文字として読めるよ。その文字とか言葉が色と一緒に見えちゃうっていうか、感じちゃうとしか言えないんだけどさ。

ある日さ、からさんの詩集を読んだんだ。

図書館から義姉《ねえ》さんが借りてきてくれたんだ。義姉さん、そういうの好きなんだよ。詩とか童話とか。結婚前は保育士やってたんだ。

で、からさんの詩集を読んで。

もう、ぶっとんだ。比喩《ひゆ》じゃなくて座っていた椅子から転げ落ちたよ。

衝撃っていうの？　眼から飛び込んでくる色と言葉の洪水に身体中《からだじゅう》が満たされちまって、何かもう自分の細胞全部が光り輝くみたいになっちゃってさ。

まぁこれもわかんないだろうけど、こう、歌とか聴いて感動して鳥肌が立つとかあるじゃない？　そう、その感じのものすごい！　みたいなもの。

それで、外に出たんだよ。

そう、それで。

からさんに会いたくて、会いに行こうと思ったんだ。

こんなスゴイものを書く人に会いたくなっちゃってさ。十年ぶりぐらいにまともにきちんとした服を着て、外に出て歩き出してさ。義姉さんがびっくりしていたよね。オレがいきなりシャワーを浴《あ》びてもう身体中きれいにして自分で髪を剃《そ》り出したりして。

そうそう、この坊主頭はそのときからずっと。

いや、もちろんここの住所なんかわからなかった。とりあえず本を出してる出版社に行けばいいかなって。

いや、一応一般常識はあるつもりだったんだけど、とにかくもう、からさんの言葉に会いたくてさ。

そう、からさん本人もそうだけど、その言葉にね。

言葉に会いたかったんだ。からさんの紡《つむ》ぎ出す言葉にね。だったらからさんの詩集なりエッセイなりの本を新しく買えよって話なんだけど。買えなくても図書館に行けよってね。

でも、そんなこと思いつかないぐらいだったんだ。ただ、とにかく出版社に向かって歩き出した。

本当にただ歩いたんだよ。あっちの方角だなって。

そしたらさ、その途中で鉄工所があったんだ。小さな町工場ね。突然目に飛び込んできたんだ。鉄の塊《かたまり》が輝いているのがさ。俺だけにそう見えたんだろうけど。アートだ、って唐突に思っちゃってさ。

いやもう全然よ。美術なんか興味なかったし成績も悪かったし、美術館なんか入ったこともなかったしさ。何だろうなぁ。無理やり意味を考えるなら、からさんの言葉で俺の中に何かが生まれちゃったんだと思うんだ。

そう、何だかわからないものが生まれちゃって、それが鉄と結びついちゃって。その何かが、アートだったんじゃないかなって。

アートをしなきゃって。

自分の作品を作ってから会いに行かなきゃならないんじゃないかって思ってしまって、そう決めてしまったんだよ。

で、からさんに会いに行くのはいったん中止して、その鉄工所に飛び込んでさ、ここでバイトさせてくれませんか！　って。そしたらまぁ、ちょうどいい感じで忙しかったらしくてさ。何の経験もないオレでもバイトで雇《やと》ってもらえてさ。もちろん最初は下働きみたいなもんだったけど、金属加工みたいなことをどんどん覚えていってさ。

そして、自分の作品を作り始めた。

アートをさ。
四、五年かな。そこでずっと、アート作品作っていて、そしてわかんないけど街の中で眼に付いたギャラリーに持ち込んだんだ。
これ、どうでしょうかって。

ものになりませんかって。

だって、自分ではまったくわからなかったからさ。これをからさんに持っていっていいものかどうかを。

そこのギャラリーの人がさ、一目見て、個展をやろうって言ってくれたんだ。気に入ってくれたんだよ。しかもその人、からさんのことを知ってる人だった。

だから、そのときに出来てた最高って思ってるオレの作品を持って、からさんに会いに来たんだ。

これを受け取ってくださいって。

☆

「そのときにね」

からさんが苦笑《にがわら》いして言った。

「どちらにお住まいなのかしら、って訊いたら、これから探しますって」

「探す?」

いやぁ、ってタロウさんも笑った。

「もちろん兄貴の家はあったけどね。その鉄工所の休憩室にずっと寝泊まりさせてもらっていたんだ。一応バイトで給料は貰《もら》っていたけど、制作の材料買わなきゃならないし部屋を借りる金ももったいなくてさ。で、いい加減何とかしろよって社長とかに言われててね」

「それで、ここにですか?」

からさんが、頷いた。

「すごく、気に入ったのよ。あそこに飾ってあるでしょう」

指差したのは、茶簞笥《ちゃだんす》の二段目のところ。

「きっと高いお皿なんだと思っていました」

重《かさ》ねてあるんじゃなくて、一枚だけまるでギャラリーに飾るように正面を向いて置いてある皿。

虹のような模様のある、褐色の丸いお皿のようなもの。

「綺麗《きれい》でしょう? まるで大地から虹の光が湧《わ》き上がってくるような、美しくて力強いオブジェ」

ああいうのをオブジェっていうのか。

「素敵です」

アートなんか全然わからないけど、このお皿が飾ってあるだけですごく雰囲気が良く感じる。

「住むところを探しているというから、もし、これをギャラリーで売るとしたらおいくら? って訊いたのよ」

「全然わかんなくてさ。自分の作品を売るなんてしたことなかったから」

「でも、百万って言ったんだよね」

柊也さんが言って、タロウさんが頷いた。

「とりあえずね。百万あれば材料費とか制作費も回収できるなって。じゃあ、これをお家賃としたらどうかしら？　ってからさんが言ってくれてさ。部屋は空いてるから、百万円分の間、住んだらどうって」

そんな感じで、ここに。

四　偶然も人生の選択

「この家に他人を住まわせるなんていうのは、初めてのことだったのだけれどね」

からさんが微笑《ほほえ》みながら言った。

「縁なんて言うと抹香臭《まっこうくさ》くなっちゃうから、タイミングっていうのかしらね。タロウがうちに来たのは七十になったその翌日だったのよ」

「誕生日の次の日」

そう、って頷《うなず》いた。

「その日にもね、祐子《ゆうこ》ちゃんと話していたのよ。老女二人の住《す》み処《か》になってきたわねって。そしてね、部屋がこれだけたくさんあるんだから、下宿屋でも始めたらって言うのよ祐子ちゃん」

「下宿屋ですか」

「そんなの無理よって。二人とも人のお世話なんてできないだろうしね。でも若い人が一緒に住んでくれたらいろいろと助かるかもしれないわね、なんて話をしていたのよ」

二年前、七十歳になったからさんと、アラフィフだった祐子さん。

「そうしたら、タロウさんが来たんですか」

そうなのよね、って、からさんが小さく笑った。

「もちろん、誰かを住まわせるなんて、そんな気はさらさらなかったのだけれど、私が気に入っちゃったのよ」

「気に入った」

「タロウが持ってきたあの作品も、それから、タロウのこともね」

気に入ったのか。

でも、それだけで、ここに住んだらいいわ、なんて言えるんだ。からさんが、少しだけグラスに残っていたビールをくいっ、と空《あ》けた。

「そういう気持ちってね、人の思いの中でいちばん強いものだと私は思うのよ」

「強いんですか?」

そう、って小さく頷く。

「好きとか嫌いとか、悲しいとか辛《つら》いとか、人はいろんな感情、あるいは思い、というものがあるでしょう?」

「あります」

からさんは、そうよね、って言って白いご飯を口に運んで食べた。その仕草《しぐさ》が、とてもきれいに、そして美味《おい》しそうに食べているように見える。

「好きとか嫌いとかって、とても強い感情のように思えるけれど、でもあっという間にコロッと変わるものよ。そんな経験ないかしら?」

あるかもしれない。タロウさんも柊也《しゅうや》さんもちょっと考えて頷いていた。

「そして悲しみとか苦しみなんてものは、時が経《た》てば薄れていくものよ。どんなにキツイ思いをしてもね。歌の文句じゃないけれども、生きていければいつか笑って話せるようになるものよ。でもね、気に入った、という思いって消えないし変わらないもの。たとえ、この先タロウが人殺しで捕まったとしてもね。きっと私は差し入れ持って刑務所に会いに行ったりするわ」

「いや殺しませんよ!」

笑ってしまった。

「それだけ、強いのよ。そういう思いって。いつまでも仲の良い夫婦って、愛とかそういう結びつきじゃないって私は思うわ。お互いに気に入ってるのよ。二人でいることを。二人が一緒にいるということをね。だから長続きするの」

なるほどって頷いてしまった。

タロウさんが、悪い人ではないっていうのは、こうやってお話しするとすぐにわかった。もちろん、本当のところでどんな人なのかはまだわからないけれども、からさんがそんなふうに言って住まわせているのは納得できた。

そうか、気に入ったという思い、か。

好きとか嫌いとかいうそういうのとはまた違う。

タロウさんは、ここに住むようになってから個展をもう四回もやっているそうだ。一年に二回だ。

そして、やる度に作品が何個か売れている。それも、どこかの会社の社長さんとかそういう人が気に入って、会社とかお店とかに置くのに大きいのを買ってくれるパターンが多いんだって。

だから、お値段が高いのが売れている。ただし、タロウさんの作品はほとんどが金属で材料費とかそういうのがすごく掛かっているから、高いのが売れてもそんなに実入りはないとか。

「最近は、小さいのをたくさん作ってるんだ」

「小さいの」

「デカイのが好きなんだけど、そういうのはやっぱデカイ人しか買えないんだよね。そういうのって、キツイじゃん」

「お金持ちとか企業とかじゃなくて、普通に働いている人にも自分の作品を置いてほしいんですよね。家の中に」

柊也さんが言って、タロウさんが大きく頷いた。何だかさっきからタロウさんのバーン！　って感じの言葉を柊也さんがわかりやすく翻訳しているみたいだ。

この二人って、すっごく仲良しになっているのかな。

「そう、それでさ、これ」

タロウさんが箸《はし》を置いた。きちんと箸置きに揃《そろ》えて置いたので、そういうのはちゃんとしてる人なんだなぁって思ってしまった。

ポケットから無造作に出したのは、黒っぽいのに虹色みたいに輝く丸い玉。

「こんなの今は作ってるんだ。ちょっと磨いたりするのは家でもできるからさ」

「きれいです」

はい、って手渡してくれた。ビー玉より少し大きいくらいの玉。重い。

「鉄なんですか？」

「いや、これは正確に言えば銅合金」

銅の合金。

「これは、おいくらぐらいで」

訊《き》いたら、笑った。

「いやいや売りつけないよ？ あげる。記念に？ 一つ屋根の下で暮らし始める記念にさ。貰《もら》ってよ。でも売るときには、八千円から一万円ぐらいかなぁ。それぐらいにしないと赤字になっちゃうんだ」

一万円は、けっこうなお金だと思う。でも、タロウさんはそれぐらいの仕事をして、これを作っているんだ。

「それは、転がらないんでしょう？ 文鎮《ぶんちん》とかに使えるのね」

からさんが言った。

「そうそう、重心が下にあるから。置いてみて転がらないから」

「そうなんですか?」

テーブルの上に置いたら、本当に転がらなかった。ゆらゆら揺れて。

「起き上がり小法師《こぼし》みたいですね」

「そうそう、そんなふうに思ってもらえれば」

「よく知ってたわねまひろちゃん。起き上がり小法師なんて」

「家にひとつありました。小さい頃にお母さんが貰ったものなんです」

わたしの実のお祖母《ばあ》ちゃんにらしいけど、そこまでは言わなかった。

「僕もさっき貰ってるから」

柊也さんが言って、お肉を一枚取って食べた。僕が言うのもなんだけど遠慮しないでいいんだよって感じで言ってくれたんだろうな。

「ありがとうございます」

素敵なものだ。オブジェっていうのか、そういう美術品みたいなものを自分で持つのは初めてかもしれない。

「僕はね」

柊也さんが苦笑《にがわら》いみたいな表情をした。

「タロウみたいに劇的っていうかおもしろいっていうか、そんなものじゃないんだ。ここに来たのは」

確かにタロウさんがここに来た経緯《いきさつ》はおもしろかったけれど。おもしろがっちゃいけないんだろうけど。

「でも、おもしろいのはね。からさんはタイミングって言ったけど、タロウがここに住み始める日に僕は偶然会ったんだよね。タロウと」

「そうなんですか？」

「本当に偶然だよな。変なんだよ。今日だって帰りに偶然駅で一緒になったんだけどさ、オレと柊也ってその日からずっと偶然会うことばっかりなんだ」

「偶然会うことばっかり？」

からさんも首を傾《かし》げて微笑んだ。

「そうみたいね」

「どういうことですか？」

「いや言葉通りのこと」

「どこかに行くと、よく偶然会うんだ。何でこんなところで会うんだっていうぐらいに会うから、今ではどこかに行ったらまずお互いに姿を探しちゃうぐらいに、会う」

会うんだ。

「それは、どういう仕組みなんでしょうかね」

笑った。

「そんな仕組みがわかったら、柊也に本を書かせてベストセラー狙うね。わかんねぇんだよ。でもとにかく偶然会うんだ。一昨日だって、オレはキリン観たくなってさ」

「キリン？」

「モチーフとしてさ。鉄工所で制作していたら急に観たくなって上野動物園に行ったらさ」

「柊也さんがいたんですか？」

二人して頷いた。

「僕は、大学の友達と行ってた」

「たぶん会うだろうなって思っていたから、驚きもしないで、よぉ、って手を振るだけだけどさ。不思議だよな」

「それどちらかがＧＰＳで探しているんじゃないでしょうね」

もちろん冗談だけど、皆が笑った。

「不思議だけど、でも、そのタロウと偶然会ったお陰で僕は、自分の住居に関する不運が吹き飛んだんじゃないかって思ってるんだ」

住居に関する不運？

☆

僕は、実家が北海道なんだ。

北海道の旭川《あさひかわ》市っていうところ。知ってる？

そう、あの旭山動物園があるところね。何度も行ってるよ。市内の小学校の遠足の定番のところだったからね。

行ってみたい？　じゃあ、今度帰省するようなことがあったら、一緒に行けたら行く？　そうだね。ちゃんと自分のお金で行けるようになったらね。まぁ僕もお金がないからなかなか帰ることができないんだけど。

ないんだ、お金。

大学で東京に来て、最初は寮に入ったんだ。寮って言っても大学で借り受けているアパートみたいなところで、ものすごく古いところだった。いちばん家賃が安かったからさ。

そうしたらさ、入ったその日に寮の隣の部屋でボヤがあって。

そう、ボヤ。本当にボヤで済んだんだけど、隣の僕の部屋も水浸《みずびた》しになっちゃって、初日から部屋を追い出されてしまって。

しばらくは、寮の中の同じ新入生や先輩やら、とにかくあちこちで寝泊まりしていたんだ。そのうちに部屋もきれいになるって思っていたんだけど、結局改装することになっちゃったんだよ。意外と被害の程度がひどかったらしくて。

そこの寮にいた学生たち全員どこかへ引っ越すことになって、僕も結局自分の部屋で寝泊まりしないうちに違うところを紹介されてさ。

大変というか、落ち着かなかったよね。

何せ鞄《かばん》二つ抱《かか》えてずっと他人の部屋に寝泊まりしてたから。

結局少し家賃は高くなったけれど、もう少しマシなアパートを紹介されて、敷金とかそういうのはなしで入れることになったんだけど、三ヶ月ぐらい経ってからだったかな？　ダンプが突っ込んできたんだよ。玄関先に。

いや、冗談じゃなくてマジで。

本当に。記事にもなってるから。

大学に行っていた時間だったから僕に怪我はなかったし、他に住んでいた人も全員全然大丈夫だったんだけど、またそこに住めなくなっちゃってさ。

不運だよね。

なんだそれって、嘘だろって話なんだけど、本当なんだよ。

そして今度は引っ越すお金も敷金とかもまるでどうにもならなくてさ。うん、補償とかそういうのなかったんだよ。ひどいよね。

ひどいんだけど、僕にはどうにもできなくてさ。

本当にお金がなくてさ。実家も実は全然裕福じゃなくて、母一人子一人なんだ。そう、母さんはシングルマザーってやつでね。

父親は、どこの誰かも僕は知らないんだ。母さんは何にも教えてくれてないしね。まぁ知らない方がいいような男なんだろうってことで。

いくつも仕事をして、僕を育てて大学にまで行かせてくれてさ。それはもう、もちろん感謝してるよ。早くしっかり稼げる社会人になって、母さんに楽をさせてあげよう、なんてことも考えるよ。まぁ現実はいろいろあるだろうけど。

だから、ずっとバイトしていたんだ。

そのときは居酒屋でバイトしていたんだけど、店長がね、僕の不運に同情してくれて、部屋を見つけられるお金が貯まるまで、お店の休憩室に住んでいいぞって。本部には内緒でだけどね。

休憩室はね、広さは三畳間ぐらいかな。そこにずっといたんだ。

二年半ぐらいいたかなぁ。

でもそんなに大変じゃなかったんだ。店が終わったらそのままそこで寝て朝起きたら誰もいないしね。学校行って帰ってきたらそのままバイトに入るって感じで、すごく便利だったし。

近所になんでもあったしね。コンビニもサウナも漫喫《まんきつ》も、本当に何でもある便利なところ。

食事もさ、店長がどうせ大した量じゃないから店のものを使って食べろって。いい人なんだ本当に。食パンだけ買って、卵と野菜少し貰って毎朝朝ご飯食べてね。残り物のご飯貰ってお昼の弁当作って、夜はもちろんまかないでさ。

そう、意外と打たれ強かったらしいんだ。こんな見かけはひょろひょろしてるんだけどね。そういう生活をずっとしてきた。

ようやくお金が貯まって、何とか安いところにだったら引っ越せそうかなってなって、探してようやく決まったアパートでさ。

今度は事件が起きてしまって。

僕の隣の部屋で。

とんでもない話なんだけど、大麻を栽培していたんだって。

そう、あの大麻。うん、部屋の中で栽培できるらしいよ。もちろん詳しくは知らないんだけど。とんでもない話で、しかも隣に住んでいたのは同じ大学の学生でさ。全然知らない奴なんだけど。事件があって初めてそんな奴が隣にいたのを知ったんだけど、警察にも何だかいろいろ訊かれちゃってさ。

いや本当にまったく関係ないのに、事情聴取までされたんだ。警察まで連れて行かれてさ。

警察もそれが仕事だからしょうがないとは思うけど、なんだか僕までその大麻の関係者みたいに思われちゃって、そのアパートに居づらくなってしまったんだよね。確かに同じ大学の学生が隣同士だったら、何か関係あるって思われても仕方ないけどさ。

どうしようもなくて、でもお金は相変わらずないしさ。母親にはこれ以上頼れないしで。運が悪いにも程《ほど》があるって思うよね？

もちろんなんの関係もないいんだから、そのまま住んでいても良かったんだけど、本当に周《まわ》りの眼が冷たくてさ。なんか露骨《ろこつ》に嫌がらせがあったりして、それはけっこうきつかったんだよね。

いや、大学では大丈夫だった。

さすがに僕が隣に住んでいたなんてことはどこにも記事になっていないし、Twitterとかでも流れていなかったから。その辺は助かったよ。

もう一度店長に頼んで休憩室に戻らせてもらおうかと思ったけど、いい加減店長の立場ってものもあるだろうし。これ以上迷惑掛けちゃまずいよな、なんて考えながら、その日は大学に向かっていたんだけど。

そうしたらさ、目の前を布団を背負った男の人が歩いていたんだ。

そう、布団。

布団と枕を紐《ひも》でぐるぐる巻きにして背中に背負った男。

ホームレスかと一瞬思ったけれど、でもホームレスは布団を持って歩かないよなって。

その人が、荷物を落としたんだ。

布団と一緒に紐でくるんでいた枕がズレてきてぽとり、って。

枕を拾って、声を掛けたら、それがタロウだったんだ。

☆

枕を拾ってあげた。

わたしはけっこう小説もマンガも読むし、映画も好きだし。いろんな物語を知っている方だと思うんだけど。

「少なくとも、枕を拾ってあげた出会いって読んだことも見たことも聞いたこともないです」

「まぁ、布団と枕を背負って歩く人は、今はそうそういないだろうからね。私だって小さい、戦後すぐの頃に見たぐらいだよ」

でも、いたんだ。そうか、からさんの小さい頃はまだ戦争が終わってすぐの頃だから、そんなことをして布団を運ぶような状況もあったのか。

「つまり、タロウさんがこの家に引っ越してくる途中で、柊也さんに偶然出会ったんですね」

「そう。それが最初の出会い。で、オレの荷物がもうぐちゃぐちゃになっちゃってさ。柊也は運ぶのを手伝ってくれたんだよね」

「タロウさんが布団を背負って歩いていたっていうのも、お金がなかったからなんですね？」

その通り、って柊也さんと二人して頷いた。

「その気になれば東京なんて、歩いて行けないところなんてないよ。江戸時代の人たちなんか皆歩いていたじゃん」

それはそうなんだろうけれども。

「一緒にからさんの家に着いてさ。そしたらもう、柊也は眼を真ん丸くしてさ」

素晴らしい家だって。感動したんだって。

そうか、大学では建築学科って言っていた。

「ちょっと見学でもさせてもらうか？　って。オレの引っ越しの手伝いに来たってことでさ。からさんにお願いして柊也も家に入れてもらったんだ」

「それもまた、タイミングよね」

からさんが言った。

「家の修繕《しゅうぜん》もいろいろあったのよ。何せ古くてね。ほとんど何も修繕とかしてこなかったから」

「そうなんですね」

「プロに頼めばもちろんお金は掛かる。それはいいんだけれども、古いままにきちんと残すっていうのをどうすればいいかをずっと考えていたのね。住んでいるままに、でもきちんと建築物として修繕していくのかって。建築学科でこの家に惚れたっていう柊也と、そんな話をね。タロウと三人でお茶を飲みながら話していたの。そうしたらね、柊也が自分にさせてくれないかって。以前からレンガとかそういうものに興味があって自分でもやってみたかったんだって」

「レンガですか？」

「作るんだ。レンガを」

　作る。

「もちろんレンガだけじゃなくてね。レンガ建築というものにすごく興味があって、ぜひやってみたかった。そこにこんな素晴らしい家があって、あちこち表も中も修繕していかなきゃならないって話をからさんから聞いて。しかも、偶然会ったタロウは今日からここに住むんだって」

「それで、柊也さんもここに？」

「古いものをね」

　からさんが頷きながら言う。

「若い人が受け継いでいってくれるって、良いことでしょう？　そうしなきゃならないものよ。この家を直したりするのはプロに頼めば済むことだろうけれども、柊也みたいな若い子に情熱を持ってやってもらうのは、これはひょっとしたら私の使命だったんじゃないかって」

「使命ですか」

「大袈裟《おおげさ》だけどね。こんな素晴らしい家を親から受け継いでおきながら、自分の後に、次代に何も残せずただ古くなるままにこのまま朽ちさせて行くのは、それはとんでもなく悪いことじゃないかって、そのときに考えてしまったの」

　次代に残すために。

「それは、ただ家を残すんじゃなくて、柊也さんの、何というか、将来の建築家の腕の中に残してあげるとか、そういう意味合いですか」

「そうね。そういうことも含めて。実際、柊也はレンガ職人のところに修業に行ったりしてね。もういっぱしのレンガ積み職人としての腕前を持ったりしてるわ」

「そうなんですね」

すごい。

枕を拾った偶然の出会いから、住居に関する不運を全部吹き飛ばして、理想みたいものを追い求めるような毎日を送っているんだ。

「まぁ、そんな感じで、オレたち二人して同じ日に、ここに住まわせてもらっているんだよ。二年前から」

そして、今日からわたしがここに来たんだ。

たぶん、タロウさんや柊也さんに負けず劣らずの、なんていうか、からさんとの巡り合わせみたいなもので。

三人とも、ものすごく、珍しい形で。

＊

エプロンをすることにした。

たぶん、エプロンドレスって言ってもいいようなもの。からさんの部屋にたくさんあったんだ。からさんは絵を描くときには、上から下まで服を隠せるスモックだったり、エプロンドレスみたいなものを着るんだ。それで、色んなタイプのものを持っていて、わたしの仕事のときにもちょうどいいんじゃないかって。

三枚も貰ってしまった。デニム地のものと、ベージュと赤のコットン地のもの。

「似合うわ。まひろちゃん、頭が小さいから背が大きくなくてもバランスがいいのよね」

「そうですか?」

「きっと何を着ても似合うと思う」

エプロンドレスは、ちょうど良かった。

ポケットがたくさん付いているから、そこにメモ帳やスマホや鍵や財布なんか、普段から身に着《つ》けていた方がいいものを全部入れておける。

たとえば、からさんと一緒にご飯を食べているときに、からさんが明日の予定が変更になったとか言ったらすぐにメモしておけるように。メモして後からスケジュールに書き込んで同期させる。

買い物しなきゃならないものを思いついたときなんかも、すぐにメモしておけば、忘れないで済む。

それから届くものや送るものがけっこうあるんだ。

からさんがネットで買ったものや、出版社やギャラリーから届く荷物、こっちから送るもの。代引きするものや、発払いしなきゃならないときもあるので、お財布も常に持っていた方が便利。

そういうことがけっこうあるのがわかってきたから。

お財布は、自分のものとは別のものをからさんから貰った。今まで使ったことのなかった、革の長財布。この家の仕事のときに使うからさんから預かったお金は、全部このお財布に入れておく。レシートとかも全部入れておけるから本当に便利。

出納帳《すいとうちょう》っていうのも、わたしがつける。

レシートや請求書や領収書なんかを全部取っておいて、お金の出し入れを全部記録していく。これは、確定申告というものに使うから必要なもの。でも、最終的には税理士さんに全部お願いするから、きちんと収支がわかって必要なものが取ってあればいいんだって。

社会人は皆こうするのかと思ったけれど、一般の企業に入社したらそれは会社の経理の人がするから、しないって。

でも、何か副業とかして収入があったらしなきゃならない。副業じゃなくても、たとえば突然遺産とか入ったらそれもきちんと申告して税金を払わなきゃならない。

からさんの部屋にわたしの机を置いて、そこにわたしが座って、そしてからさんが自分の机についていて、くるっと椅子を回すとちょうどわたしと向かい合うような形になって。

話をするのに、ちょうどいい感じになって。

「社会人になったときに、何がいちばん必要かって、自分は税金を納める大人という人間になったんだって自覚をすることね」

わたしの方を向いて、お茶を飲んでいるときにからさんが言った。

「大人という自覚ですか」

そうよ、って頷いた。

「何ていうのかしらね。世の中って、大人じゃない大人があふれているって思ったことない？」

うーん、って考えてしまった。

「からさんの言っている意味はわかりますけれど、それを感じたというか、考えたことはないと思います」

「そう？　政治家は何をやっているんだとか思ったことない？　汚職事件とか」

「あ、それはあります」

お母さんはよく怒っていた。

「あれも同じね。大人という人間になるってことは、社会の中できちんと生きていくことなのよ。税金を納めるのもそのひとつ」

税金を納めるのは社会人の証拠だって。ある意味では大人になったってことだって。

「税金というのは、結局この社会をきちんと動かすためにお金を皆で納めて使って行こうってことよね。それを無視するってことは、この社会を無視するってことで、アウトローになることよね」

「アウトロー」

映画かマンガのタイトルだ。でも意味は知ってる。無法者、法律を無視する者。

そうか、税金を納めないで社会を無視する人間か。

「アウトローですね」

「そうでしょう？　だから、就職して社会人になったのなら、まず自分は税金を納める大人になったんだ、と自覚すること。自覚してきちんと働いて税金納めて社会に参加していないと、政治家は何をやってるんだって文句も言えないのよ」

「あ、そうですね」

なるほど、って頷いてしまった。

「まず、税金を納めないことには、その税金をきちんと国や国民のために使わない政治家にも文句は言えないと」

「そういうことね。別に文句を言うために働いてお金を稼ぐわけじゃなくて、自分が幸せになるために働くんだけど、そこを自覚してこそ、ようやく大人になるってことよ」

考えたこともなかった。

「でもそれは学校でも教えるはずなんだけれど、皆忘れちゃうのよね。実感がないし、テストに出るようなことでもないから」

「そうかもしれません」

そういえば、社会の仕組みみたいなものは習ったはずだ。いつかは忘れたけれど。

わたしの場合も、からさんのところで働く従業員のような扱いになるから、きちんと税金を納めることになる。その辺は今度税理士さんが来たときに教えてもらえるって。

「日記もつけてみようと思って」

「日記？」

そんなに大きくない家だけれど、一人で毎日全部掃除しようと思ったら大変だから、毎日お掃除するのは廊下と玄関と台所だけにして、あとは順番に掃除していけばいい、ってからさんが言っていた。窓ガラスなんかは二週間に一回ぐらい天気のいい日でいい。

じゃあ、それをきちんと書いていかないと忘れたら困るし、からさんの様子なんかもきちんと書いておく。

「そうして毎日きちんと見て日記に書いておけば、何か具合が悪そうとか、いつもと違うなんてことがすぐにわかってくると思うんですよね」

ふむ、って感じでからさんが小さく顎《あご》を動かした。

「まひろちゃんって、書くこと好きよね」

「好きというか、キーボードで打っていくことは簡単なので」

すらすらと何でも書いて、つまり、打っていける。だから全然苦にならないって意味では得意なんだと思う。

そうよね、って、からさんがわたしを見る。

「放送部でニュースの原稿なんかも書いていたんでしょう？」

「書いていました」

「その日記ね」

「はい」

「私も読んでいいようにしてくれないかしら」

からさんが？

「今の話だと、個人的な日記というより日々の備忘録《びぼうろく》って感じよね」

「そうですね」

まったく個人的なものじゃない。

「私のことだけじゃなくて、この家のことや、タロウや柊也や祐子ちゃんと話したことや、買い物に行ったときに気づいた店のこととか、とにかくなんでもいいから、いろんなことを思いつくままに、寝る前に書いていくの。それって、簡単よね？」

「簡単ですね」

「別にかしこまらなくてもいいから、まひろちゃんの言葉で思うままに書いていくのを、私がときどき読んでいいかしら。もちろん、他の誰にも見せないから」

「いいですけれど」

全然問題ないけれど。

何か楽しいだろうか。

五　からさんのこと

淡い緑色の、何て言うのかわからないけど、布張りみたいな感じの装幀《そうてい》の本。

〈さつきのかをり〉

からさんが五十年以上も前に出した、最初の詩集のタイトル。からさんが十八歳のときだって言ってたから、正確には五十四年も前の本だ。そんなに昔の本なのに、全然古本って感じはしない。

さつきは五月のさつきで、かをりは香りだ。あ、薫りって漢字の方が雰囲気《ふんいき》あるのかな。十八歳って今のわたしとほぼ同い年。それで詩人としてこうやって出版社から詩集を出すなんていうのは、きっと本当にスゴイ才能だったんだと思う。だった、っていうのは失礼か。

「今も現役だもんね」

〈きみと　わたしの　うた〉

きみのうたをうたいたい
よこにならんであるきながら　うたいたい

きみは　せいふくだけど
わたしは　さぎょうふくだけど
むねのおくにある　おなじうたをうたえる　うたいたい

詩は、わからない。わからないっていうか、こうやって真剣に読んだことはほとんどない、はず。授業でやったかな。小説家ならたくさん知っているけれど、詩人は全然知らない。

あ、中原中也《なかはらちゅうや》は詩人だ。宮沢賢治《みやざわけんじ》もそうだった。童話とかも書いているけど、詩人でもあったはず。そうだ、ランボーって人もいたよね。知らないようで知ってる人もいたって考えた。

昨日の夜寝る前にずっと読んでいてそのまま机の上に置いてあったのを、一瞬戻そうか迷ってから、本棚に入れた。これで、五冊目だ。からさんの部屋から持ってきてそのまま自分の部屋に置いておくのは。

そのまま扉を開《あ》けて、階段を降りてまっすぐ台所へ。

（五月だ）

そう、今日から五月。

それで、ふと眼についた〈さつきのかをり〉を昨夜《ゆうべ》は部屋に持っていったんだ。

からさんの家に来て、あっという間に一ヶ月近くが過ぎてしまった。台所の壁にある柱のところに日めくりのカレンダーが掛かっていて、それを、朝めくるのもわたしの仕事になった。

めくったカレンダーの紙は、裏が白いのでそのままメモ用紙にする。

「五月かぁ」

珍しく、っていうかわたしが来てからは初めてだけど、祐子《ゆうこ》さんがわたしのすぐ後に、朝の七時から一緒に朝ご飯を食べるわーって起きてきた。

「何かあるんですか？」

訊《き》いたら、ううん、って頭を軽く横に振った。

「何にもないけど、毎日が早いのよ過ぎるのが」

朝早く起きた理由が一言もなかったけれど、うん、ってフライパンを出しながら頷《うなず》いてしまった。

そんなこと思ったことなかったけれど、ここに来てからちょっと思ってしまった。

一日が過ぎるのが早いって。

それはたぶん、やることがたくさんあるからだ。仕事があるからだ。そしてわたしは人生で初めて仕事というものを、毎日しているからだ。

「今日もパンよね？」

「そうです」

大体朝ご飯はパン。メニューもほとんど同じ。卵を目玉焼きにするかスクランブルにするかオムレツにするか。ハムかソーセージかベーコンかの違いだけ。あとは、サラダをどんなものにするかを決めるだけなので、とっても簡単。それに、ヨーグルトとスープとコーヒー。ヨーグルトは、からさんのお手製。お手製というか、知り合いからヨーグルトの種を貰《もら》ったのでそれをずっと継ぎ足《た》して作っているんだって。

そんなヨーグルトの作り方は初めて知ったけど、簡単だった。

牛乳パックのままのヨーグルトが、底から三センチぐらいになったら、新しい牛乳をほぼ一杯になるまで入れる。そして、よく掻《か》き混ぜる。口を塞《ふさ》いで手に持って、親の敵《かたき》か！ってぐらいにブンブン振って掻き混ぜる。そうしておいて、ほぼ一日近く常温のところに置いて、固まってきたな、ってところで冷蔵庫に入れる。それで、次の日の朝にはしっかりと美味《おい》しいヨーグルトが出来上がっているのだ。不思議だ。

朝ご飯は、午前七時五十分ぐらいから。からさんはその一時間半ぐらい前に起きて、歯磨きをしてからゆっくり動かすストレッチみたいなことをして、身体《からだ》をしっかり起こしてから台所に来る。

「あら、おはよう」

からさんが台所にいる祐子さんを見て、ちょっと眼を大きくして言った。

「おはよう」

「おはようございます」

「眠れなかったの？　祐子ちゃん」

「そうみたい」

祐子さんがからさんに頷きながら言った。

眠れなかったのか。だから、わたしが部屋を出る音を聞いて、一緒に起きてきたんだな。

「たまーにあるのよねー。盛り上がった夜なんかにいろいろ頭が冴《さ》えちゃったり暴走しちゃったりで」

「頭が暴走」

うん、って祐子さんがトースターからパンを出しながら頷いた。

「ないかしらねー。幻聴《げんちょう》とか聞こえたりするのよ」

「幻聴」

ますますわからない。

「何かが聞こえるんですか?」

今日は目玉焼き、ベーコンエッグ。三人とも硬めが好きなので、しっかり焼いて真っ白になった目玉焼きを、三つに分けながら皿に置いて行く。

タロウさんも柊也《しゅうや》さんも、二人に朝ご飯のことを訊いたら卵料理だけは作っておいてもらえるとすっごく嬉しいって言っていたので、二人分のベーコンエッグは焼いておいて、冷蔵庫に入れておく。食べるときにチンすればオッケー。今まではからさんが一人でやっていたから、きっと頼みづらかったんだね。

「店でね、ライブとかこう、盛り上がったときなんかね、帰ってきても頭がギンギンに冴えまくったままで、布団に入っても眠れなくて、誰かの歌が聞こえてきたり声が聞こえてきたりするのよ」

からさんが皆の分のヨーグルトを小鉢に入れて置いた。

「はい、いただきましょう」

「いただきます」

三人で朝ご飯を食べるのは初めてだ。

「それは、本当に聞こえているわけじゃないってことですか？」

訊いたら、祐子さんはうーん、って。

「聞こえていたらホラーよね。たぶんそんな気がするってだけだろうけど」

「あるわよ」

からさんが言う。

「あるんですか？」

「私も滅多《めった》にないけれども、小説を書いていてものすごくノって筆が進んで、まだまだ書き足りないけれどもそろそろ寝なきゃならないわ、って寝たときなんかね。あるわねそういうの」

「幻聴が聞こえるんですか」

ゆっくり、からさんが頷いた。

「あれは、たぶん自分の物語の登場人物たちね。彼らがまだ頭の中にいて、話し込んでいるんだと思うわ。それが、聞こえてくる気がするんじゃないかしら」

うーん、って少し唸《うな》ってしまった。

「そうやって小説を書いているときって、登場人物たちの会話はからさんの頭の中でそれぞれの声で聞こえているんですか？　男性は男の声で、女性は女の声で」

「意識したことはないけれども、きっと聞こえているんじゃないかしらね。その人によっても違うと思うけれども」

「じゃあ、祐子さんの聞く歌は、歌の中の誰かなんでしょうか」

「どうかしらね。からさんにそう言われたらそんな気もしてきたわ」

「夢を見ているようなものよ。夢の中で自分の知らない誰かや、テレビの俳優さんが喋《しゃべ》ったりするでしょう？　同じものよきっと」

「そうか」

そういうものか。創造をする人たちは、そういうのが頭の中で、夢の中で激しく暴れ回ったりするのか。

「小さい頃、わたし、夢遊病《むゆうびょう》みたいなことをしたそうです」

「夢遊病？」

「どんなの？」

「自分ではまったく覚えていないんですけど」

お母さんと一緒に暮らし始めた五歳ぐらいの頃だそうだ。

「夜中に、何か気配を感じてお母さん目が覚《さ》めたそうです。ふっと横を見たら布団で寝ているはずのわたしがいなくて、びっくりして電気を点《つ》けたけどわたしはやっぱりいなくて」

「え、どっかに行っちゃったの？」

祐子さんはベーコンエッグにマヨネーズを掛ける。からさんは何もかけないで食べる人。

「居間にあった大きなクッションの上で、猫みたいに丸くなって寝ていたそうです」

「あらあら」

「そのときだけじゃなくて？」

「なんか、半年ぐらい、十回ぐらいはそんなことがあったそうですよ。本当にわたしは覚えていなくて」

別に新しい環境に馴染《なじ》めなくて、泣き暮らしたりとかそんなことはまったくなくて、普通に生活していたのに。

「それだけがちょっと不安だったたって、お母さん言ってました」

「夢とかは見ていなかったの？」

「覚えていないんですよねぇ」

でも。〈アマドくん〉の話をした。わたしの、たぶんイマジナリーフレンドだった〈アマドくん〉。

「彼が出てきたのは、たぶん夢遊病みたいなものがなくなった後だったような気がしますね。関係あるのかどうかもまったくわからないんですけど」

「あるわよきっと。私もちっちゃい頃、そんな子だったわよ。見えない友達がいたわ」

いたんだ。

「意外と多いんじゃないかしらね。私には経験がないけれども、幼稚園の先生なんかに話を聞くと、毎年必ずそういう子供がひとりや二人はいるって言っていたわね。自分にしか見えない友達がいる子ね」

「そのアマドくんは、いつもクッションの上で丸くなっていたんです」

「狼だからね？」

「そうなんだと思う。だから、ひょっとしたら見える前からアマドくんはわたしの中にいたのかなぁ、って考えたことがあります」

そのアマドくんの声をわたしは聞いていたんだから、祐子さんやからさんみたいに、頭の中で誰かの喋る声が聞こえてくるのも全然不思議じゃないと思う。

そう言うのを、うんうん、って頷いていた祐子さんがわたしを見た。

「そんなふうにね、まひろちゃんって見た目からしても大人しそうだし繊細《せんさい》そうなんだけど、適応能力高いわよねー。なんかもう十年ぐらいからさんのマネージャーやってそうな雰囲気になっちゃってるわよね」

適応能力。

「それ、言われたことあります」

高校の放送部の顧問《こもん》の先生に。

「神野はとても大人しいけれども、実は肝《きも》が据わっていて、かつ適応能力が非常に高い、って」

「やっぱりそうよね？」

「放送部でもそうだったんじゃないの？　アナウンサーやってて、緊張するとかなくて、たとえば生放送中にトラブルがあっても落ちついて対応とかできたんじゃないの？」

からさんが言うので、頷いた。

「できたと思います」

放送部ではけっこういろんなトラブルみたいなことがあったけれど、あんまり慌《あわ》てるってことはなかったと思う。どうしてなのかはもちろんわからない。単にそういう性格なんだろうなぁって。

＊

今日は、編集者さんが来る。

これも初めてのことだ。

ここに来てから、ずっとわたしは人生で初めてのことばかり経験している。これが社会に出るということか、なんて考えたけれど、全然〈社会〉に出ているって感じはない。

だって、買い物に出る以外は、ほとんど家の中にいるから。

会社員とか、どこかに勤めるようになっていたらまた全然違ったんだろうなって思う。静香《しずか》ちゃんは大学だし、綾《あや》ちゃんとノマちゃんはそれぞれ専門学校だ。LINEで話したりしているけど、いろいろ楽しそうだけど、勉強はけっこう大変だって言ってる。高校生のときとはまるで真剣味が違うって。

他の同級生たちの中で就職した子はいるはずだけど、どんなふうに感じているだろうか。楽しくやっているのか、それとも仕事なんだから楽しいってこともないのか。

わたしが家事以外で今日しなきゃならない仕事は、からさんのエッセイ原稿をパソコンで打つ作業。

家にやってくる編集者さんに渡す原稿ってわけじゃなくて、別の出版社の編集さんに、今日のお昼過ぎまでにメールで送らなきゃならない原稿。

こういう場合も、打つ、って言うのかな。書き直しじゃないし、データにするって言えばいいのか。

からさんの手書きの原稿を原稿台の上にセットして、からさんが使っていなかったのでわたしが貰ったMacのノートパソコンを使って打つ。

アトリエに置いたわたしの机の上でやってもいいんだけど、からさんが今日は絵を描くそうなので、静かな方がいいだろうと思って台所のテーブルの上に持ってきた。

ここは、なんか落ちつく。

大きな木のテーブルっていうのもあるんだろうけど、ここに座って本を読むのもとてもいい感じ。

自分の部屋にいるよりここで何かしていることの方がだんだん増えてきたような気がする。

からさんのエッセイ。

（正直者が馬鹿を見る、というのは、日本だけではなくて、おそらく世界中のどの国のどの時代を切り取ってきても、そしてもちろん今の時代においても、真実だろうと思います。）

正直者が馬鹿を見る、か。

聞いたことのあるフレーズ。

（世界などと大げさに拡げずとも、三十人ぐらいの会社ひとつを例にとってもいいでしょう。その三十人の中に、どうしようもない馬鹿や、頭の良い怠《なま》け者や、頭の悪いろくでなしは悲しいことに間違いなく一人や二人や三人は存在してしまうはずなのです。その人がいるだけで、同じ仕事をしているというだけで、業務が滞《とどこお》ったり何かミスが起きたりするのです。）

え、そういうものなんだろうか。

会社なんかに入ったことはないから、学校かな。クラスで考えてみればいいのかな。

高校三年のときのクラスは全部で三十二人いた。その中に、どうしようもない馬鹿や、頭の良い怠け者や、頭の悪いろくでなしはいたんだろうか？　確かにテストの成績の悪い子はいたんだろうけど、そういうことじゃないよね。

あ、いたかもしれない。

クラス全員で動こうとするときに、何かをしようとしたときに、全然きちんとやってくれない人。

修学旅行でバカなことをして、警察を呼ばれそうになったこともそういえばあったっけ。

（それでも、相当なミスでもない限り、仕事はきちんと動いていきます。会社はしっかりと利益を上げていきます。それは、それ以外の正直者の皆さんが、どうしようもない人間のカバーをしていくからです。そして、本当の意味での正直者の皆さんは、それを自分たちがカバーしているからだ、などとは思ったりしません。自分たちの仕事をきちんとやっているだけ、と思うのです。決して自分たちが馬鹿を見ているなどとは考えたりもしません。）

ふーん。

じゃあ、正直者が馬鹿を見る、って最初に言った人はどっち側の人なんだろうって思ってしまった。

エッセイ原稿の清書。

テキストデータにして編集さんにメールで送るために、打ち直す作業はこれで二回目だけど、けっこう簡単に終わってしまう。わたしのタイピング速度はひょっとしたら本当に速いのかもしれない。

打ち直してそれを一度プリントアウトして、からさんの手書きの原稿と照らし合わせながら打ち間違っていないかどうかをゆっくり確認する。

プリンターは、電話とファックスと一緒になっている機種なので、居間に置いてあるんだ。台所の隣だからこれもちょうどいい。絵を描いているからさんの邪魔にならなくて済む。

校正って言うんだって教えてくれた。

文字や言葉の間違いや表現のおかしなところなんかをチェックする作業。

本当はそれは出版社の編集さんとか校正者さんとかがする作業だけど、わたしが打ち間違えてしまったらそれ以前の問題になるから、まずはわたしが打ち間違えていないかどうかを、きっちりこでやる。

「校正のコツはね、文章を読むんじゃなくて、文字を読むの」

「文字」

「ひとつひとつの文字だけを、合ってるか間違ってるかを確かめながらね。人間って文章で読んじゃうと、意味を知ってるから先に理解して読んだ気になってしまって、間違った文字に気づかないことがあるのよ」

「なるほど」

だから、しっかりと校正ができる人っていうのは最低でも三回はその原稿を読むんだって。

最初は、文字だけを読んで漢字や言葉の間違いなんかをチェックする。二回目は文章を読んでいって表現のおかしなところや、小説だったら辻褄《つじつま》の合わないところなんかをチェックしていく。三回目は自分がチェックしたところも含めて、全体の構成も含めて確かめていく。

本になる小説なんかは、そういうのを最低でも二人や三人でやっていくのに、それでも間違いを見逃《みのが》してしまうことがあるんだって。本当に意外と単純なところで。

小説なら間違いで済むけれども、たとえばカタログなんかで商品の値段を間違えて印刷してしまったなら、それはもう最悪で本当にやってはいけないことなんだけど、いまだにそういうことはあるんだって。

一回チェックしたら、少し別のことをやって頭をまっさらにしてから、もう一度読み直す。それもからさんが教えてくれた。一度頭の中をリセットすることは、どんな仕事をするときにも有効な手段よって。そうすれば、今まで気づかなかったことに気づいたりするからって。

うん、大丈夫。

四百字詰めの原稿用紙にすると、五枚分ぐらいのエッセイ。こういう原稿は全部四百字詰めの原稿用紙、わたしたちも学校で使ったことのあるあの原稿用紙の枚数で計算するんだって。

でも、からさんが使っている原稿を書くソフトでは、一ページを四十字の四十行で設定しているから、見た目のページ数は一枚と少し。短いような気もするけれど、こういう文章を何もないところから考えて書けるのは、やっぱりすごいなぁと思ってしまう。

玄関が開《あ》く音がしたので、立ち上がった。

「ごめんくださーい」

「はーい」

少し急ぎ足で、廊下を歩いて玄関へ。

栗色の長い髪に、黒縁《くろぶち》の眼鏡。薄いベージュの軽そうなトレンチコートに、大きな革のカバン。

すごく背が高い女性だ。

「お邪魔します。T社の水島《みずしま》です」

「はい、いらっしゃいませ。どうぞ」

失礼します、って慣れた感じで靴を脱いで上がってくる。すらっとしてる。きっと百七十センチ以上あると思う。

タカラヅカの男役の人みたいだ。


水島さんは、出版社の編集さん。

わたしが人生で初めていただいた名刺には〈編集長　水島レイラ〉って書いてあって、一瞬ペンネームか、それともどこか外国の血が流れている人なのかって思ってしまったけど、水島さんは名刺をくれると同時に、わたしの顔を見てニッコリ笑って言った。

「本名で、思いっきり日本人なのよ」

「あ、そうなんですね」

きっと初めて会う人は皆訊くんじゃないかな。だから最初に言うんだ。カタカナの名前の人に初めて会ったかもしれない。

「わたしは、名刺もないですけれど」

「はい、神野まひろさん。からさんから聞いていますよ。血の繋《つな》がりはないけれど、可愛い孫で、きっと有能なマネージャーになる子だって」

ちょっと照れてしまった。可愛い孫って言われるのも初めてだけど、なんか嬉しい。

からさんは、今、絵を描いている。水島さんがお見えになりましたって呼びに行ったら、今とても気分がノって描いているので、もうちょっと待っててもらってって。まひろちゃん、お相手していてちょうだい、って言われて。

あぁ、そんなふうに言うこともあるんだ、って思ってしまった。

居間で待ってもらって、コーヒーをお出しして、そして水島さんが持ってきてくれた美味しそうなケーキ。

一緒に食べましょうって言われて、ちょっと嬉しかった。本当に美味しそうなケーキ。

「何か、申し訳ないです。お待たせしているのに」

「いいんですよ。大体いつもこんな感じです」

「そうなんですか?」

「予定していた打ち合わせでもないし、何かを約束して来たわけでもないので。ただ、今日は私に時間の余裕があるので、ちょっとお邪魔しますねーって感じなので気にしなくていいですよ。からさんが冷たいわけでも何でもないから」

「そうなんですか」

そういう感じは、出版社さんと作家さんの間ではよくあることなんだろうか。訊いたら、そんなにもないでしょうね、って。

「私は、新人の頃からもう三十年ぐらいのお付き合いなの。ずっとからさんの担当をさせてもらっていて」

「三十年」

長い。

わたしはまだ十八年しか生きていないのに。

「そんなに長く担当するんですか。編集者さんは」

「それも、たぶんあまりないわね」

普通は、作家の担当編集というのはけっこう代わるそうだ。

「もちろん出版社によっても、その作家さんによってもいろんなケースはあるのだけど、大抵は何度か代わっていくものよ。編集者も社内で異動があったりするから」

「そうですよね」

それは、何かの本で読んだことがある。出版社に入ったからってずっと編集者をするわけでもなく、営業に異動したり、その逆があったりいろいろだって。

「でも、うちの会社はわりと融通《ゆうずう》が利《き》く会社なの。からさんも、毎年何冊も本を出すような作家さんじゃない、寡作《かさく》な方なので、お互いに気の合った人とじっくり仕事をした方がいいのよね。他社さんでも、からさんの担当はほとんどずっと同じ人よ。もう定年退職された方もいるし、私だってそろそろ定年の声が聞こえてくるから」

そうか、三十年も編集者をやっているんだから、水島さんはもう五十歳以上になるんだ。大卒で出版社に入ったとしても、五十二歳。全然そんな年齢には見えない。まだ三十代でも通用するんじゃないかって思うぐらい、とても若々しい。

水島さんが、コーヒーを一口飲んで、小さく頷いてから言った。

「そろそろ、からさんとのお仕事も最後の方になると思っているのね」

「はい」

「それで、自伝を書いてもらいたいって思って、こうしてときどきお願いしに来ているの」

「自伝」

そうなのよ、ってレイラさんが微笑《ほほえ》んだ。

自伝っていうのは、つまり、からさんが自分のこれまでの人生を、自分で書くものだ。そういう本を読んだことはないけれど。

「まひろちゃんは、あ、ごめんなさいちゃんづけで呼んじゃった。お孫さんだと思うとつい」

「いいですいいです」

全然平気です。

孫であることは間違いないから。

「でもあれよ？」

水島さんがちょっと真面目《まじめ》な顔をした。

「これから、マネージャーとして応対しているときに、相手の人が、ちゃんづけするような男性とかがいたらきちんと言った方がいいわよ。神野です、って。そういうのをきちんとできない人にろくな人はいないから、むしろ仕事なんか断った方がいいし」

「あ、そうですね」

何となくそれは、わかる。小説でも映画でもドラマでも、いきなりちゃんづけで呼んでくる男の人に、ろくな人はいない。

「からさんのことは、まだそれほど聞いてはいないでしょう?」

「そうですね」

からさんは詩人であり、小説家でもあり、エッセイストでもある。さらには画家でもあるし、イラストレーターでもある。頼まれてそれが納得できるものであれば、講演なんかもしている。

わたしは、自分では小説はけっこう読む方だと思っていたけど、からさんのことはまったく知らなかった。

「〈みはらから〉、こと三原《みはら》伽羅《きゃら》さんのね、今までの著作は、詩集が二十二冊」

二十二冊。うん、本棚にはそれぐらいあった。

「小説は少ないのだけれど、短編集が八冊。中編をまとめたものは二冊。残念ながら長編を書けるタイプではないのね。長編と呼べる作品はないわ」

それは、この間聞いた。長編を書くには体力がいるんだけれど、私にはそれがないんだって。

「作詞家でもある。ミュージシャンへの作詞提供も今までに五十曲以上あるわ」

「えっ？」

びっくり。

「作詞、ですか？」

「うん、でも残念ながら誰でも知ってるぐらいに大ヒットしたものはない、かな。スマッシュヒットぐらいはあるけれど、もう二十年も前だしバンドも解散しちゃってるから、まひろちゃんは知らないと思う」

「そうですか」

「絵画は百枚以上。小さなものまで入れればきっと二百枚かそれ以上。他にも、本の装画《そうが》も手がけていて、それも三十冊以上ある。装画ではなく、挿《さ》し絵《え》も描《か》いたことあるから、相当あるわね」

そんなにあったんだ。

「そこまで詳《くわ》しくは知らなかったです」

「まだよ。画家としてはね、一九八〇年代には現代アートにも進出して、それまでの画風とはまるで違う、ポップアートってわかるかな？」

「何となく」

「いわゆる絵画ではなくイラストを発表して、それがＤＣブランド、これは要するにファッションのブランドね。カバンのモチーフやTシャツなんかにも採用されているの。そのときには、ひらがなの〈から〉ではなく、〈KARA〉って英文字で」

全然知らなかった。

聞いてなかった。

「Tシャツですか?」

「そうよ。あとで見せてもらうといいわ。カッコいいから。その頃に描いた〈KARA〉のポップアートはね、今また人気が出てきちゃって、新しい有名なブランドのTシャツなどにも使われているのよ」

水島さんがカバンからiPadを出してきて、何かを調べていた。

「ほら、これ」

ディスプレイに出ていたのは、カワイイイラストの入ったTシャツ。

「あ、見たことあります!」

これは、知ってる。

「え、これってからさんの絵だったんですか!?」

「知らなかったでしょー。昔の絵だからってからさんも特に宣伝とかしてないし、そもそもこのイラストを描いたのが〈KARA〉だってことを知ってる人も少ないから」

スゴイ。

からさんって、そんなにいろいろできる、文字通りのアーティストだったんだ。

「才能豊かな人だなって思うでしょう？」

「思います」

うん、って頷いて、水島さんは、でも、って続けた。

「才能が豊かだからって、ずっと幸せな人生を歩んできたわけではない。本当に、いろいろなことを経験してきた人なの。パリやニューヨークでまるで今でいうホームレスみたいな暮らししてたとか、知らないでしょう？」

ホームレス？

「海外暮らしをしたことがあるとは、あの、息子さんが言ってました」

裕福な暮らしをしてきたのかって思っていたけど。

六　からさんの生きてきた道を

　からさんのお父さん、三原流水《みはらりゅうすい》さんという人は、古くから続いた香道《こうどう》の流派を受け継いだ人だったって。

「香道の、お師匠さんだったんですか」

「そうみたいね。実質的には修業はしたけれど、香道自体を自分の商売にはしていなかったみたいだけど」

　香道、っていうものがあるのは知っていたけれど、実際にそういう人がいるのを初めて知ったかも。

「大正の頃から貿易商みたいなことをやっていて、それで海外にも知り合いが多くいたみたい。だから、ハイカラだったのね」

「ハイカラ。知ってます」

　有名なマンガもアニメだけど観たことはある。

「ハイカラって、どういう語源なんでしょうかね」

訊《き》いたら、水島《みずしま》さんがちょっと首を傾《かし》げた。

「私も調べただけの知識でしかないけど、日本に洋装、西洋の服装が入ってきた頃に、男性のシャツの襟《えり》に付ける高襟、広い襟ね。こう、首の下が隠れるぐらいの。わかる？」

「何となく」

「洋装でそれを付けてるような人は知識人や政財界の偉い人たちで、そういう人たちをハイなカラー、高い襟の連中、なんて言い出して、そこから西洋的なものをハイカラっていうふうになっていったみたいね」

なるほど。

「おもしろいです」

「おもしろいわよね。言葉は生き物だって言うけれど、本当にそう思う。私も日本語を扱《あつか》う仕事を三十年も続けているけど、その間にも新しい言葉や表現がどんどん生まれていくし、消えていく言葉もある。新しいと思っていても、実は昔からの表現っていうのもある」

「あ、前に〈ヤバい〉っていうのは江戸の頃からある言葉だって聞きました」

「そうみたいね。そもそも矢を射《い》る場である〈矢場〉ってところから来てるとかね」

言葉は、おもしろい。それはずっと感じていた。放送部でアナウンスが好きだったのも、そういうのがあったかも。

「からさんのお母様は？」

水島さんはちょっと顔を顰《しか》めた。

「普通の母親よってだけでそんなに聞いていないのよ。わりと早いうちに病気でお亡くなりになったようで。あまり話したくない雰囲気《ふんいき》があったので聞いていないわ。そう、それで、その頃は多少裕福だったからさんのお父さんは、芸術家のパトロンみたいな人でもあったみたい。パトロンは、わかる？」

「わかります」

今で言えば、広い意味でのスポンサーだ。

「絵画や文学、演劇や映画や、そういうものに理解があって私財を投《とう》じていたみたいで、自然とこの家にはたくさんの文化人がやってきていた時代があったみたい。川端康成《かわばたやすなり》なんかとも親交があったみたいよ」

川端康成って。

「知ってる？」

「昭和の文豪ですよね。ノーベル文学賞も受賞している。『雪国』だけ中学生のときに読んだことあります」

「何でも、幼い頃から文才や絵心みたいなものを発揮していたからさんは、十二歳とか十三歳とかの頃には川端康成に奨められて、文芸誌に詩や小品を発表していたんだって」

「すごいです」

そんな小さい頃から。

「映画の主役にも抜擢《ばってき》されたのよ」

「え、女優さんってことですか」

「そうなの。十六歳のときにね。からさんのその頃の写真は見たことある？」

「ないです」

「すごく可愛いのよ。小悪魔的って言えばいいのかな。コケティッシュな感じもあるし、それでいて知的な雰囲気も漂わせていて。すごく大げさに言えばファム・ファタールみたいな」

全然知らない言葉だ。

「ファム・ファタールってひょっとしたら魔性の女とかっていう意味ですか」

「ちょっと悪い意味合いではそんな感じね。良い感じにすると、運命の女、って感じかな」

からさん、若い頃はそんな雰囲気を持っていたのか。でも、今でも可愛いおばあさんだから、なんとなくわかるかも。

「それで、まぁスカウトされたのよ。お父様と親交のあったフランス人の映画監督にね。名前は私も覚えていないからそんなにも有名ではなかったと思うんだけど、パリで撮影をした『屋根裏部屋のリザ』っていう映画で主役をやったの。でも、結局幻の作品になっちゃったんだけど」

パリで撮影。

そして幻の作品。

「完成しなかったんですか?」

「パリで撮《と》っている最中にね、からさんのお父さんの会社が倒産しちゃったり、監督が警察に捕《つか》まっちゃったり、何だかこれでもかっていうぐらいにいろんなトラブルがあったみたい。結局撮影は中途半端で終わってしまったのね」

「じゃあ、海外でホームレスみたいな暮らしをしていたっていうのは」

「そう、そこでそのままからさんはパリでしばらく暮らしていたみたいよ。パリだけじゃなく、そこからヨーロッパをあちこち転々としたって聞いているけど」

転々。

「転々ってどういうことですか。帰ってこられなかったんですか?」

「その辺は私もよく聞いていないんだけど、一緒の映画に出ていたイギリス人の俳優さんと恋仲になって、その人について回っていたみたい」

恋仲って。

「え、でも十六歳だったんですよねパリに行ったのって」

「そう。で、その人は俳優というか、吟遊詩人《ぎんゆうしじん》というか、とにかく放浪のアーティストとでもいうような人だったみたいね。最終的には、からさんはロンドンから日本に帰ってきたみたい。それが十八歳の頃だったたって」

眼を丸くしてしまった。

十六歳でパリで映画撮影して、そのまま恋人とヨーロッパを放浪。十八歳で帰国。

「まだわたしと同じぐらいのときに、そんな人生を」

そうなのよねぇ、って水島さんも少し苦笑《にがわら》いというか、そんなような笑《え》みを浮かべた。

「今の時代からは考えられないわよね。その辺《あた》りの話なんかもっと聞きたかったけど、あんまり話してくれなくて」

「その俳優さんというか、放浪のアーティストの方とはそこで別れたんですか」

「たぶんね。結婚したのは、二十五歳のとき。これもね、俳優さんだったの。逢坂駿一《おうさかしゅんいち》さんっていう俳優さんで、ちょっと有名だった人。Wiki にも出てるわよ」

Wiki。思わずスマホを取り出して、開いてしまった。

逢坂駿一さん。モノクロの写真も出てきた。

「恰好《かっこう》良いですね。俳優さんだからあたりまえかもしれないですけど」

水島さんものぞき込んで言った。

「この時代の顔よね。でも、この方も早くに亡くなってしまうのよ」

「そうですね」

書いてあった。肺炎でお亡くなりになっている。

「でも、からさんのことは書いてありません」

配偶者とか、結婚したとかは、Wiki には記述がない。

「今でいう事実婚かな。籍は入れなかったみたい。だからずっと〈三原〉姓ね。当時はその逢坂さんには恋人がいたみたいで」

わぉ、ですね。

「そういう関係ですか。

「そういう関係。詳しいことは聞いていないけれども」

「じゃあ、私のお継父《とう》さんになった達明《たつあき》さんのお父さんというのが、この方」

そういうことね、って水島さんが微笑《ほほえ》んだ。

「事実上、まひろちゃんの祖父になっちゃったのね」

びっくりだ。事実婚だとしたら法的にではないけれど、わたしの、形としてお祖父《じい》さんになった人は、俳優さんだったのか。

「からさんの主演作品は残念ながら観られないけれど、逢坂さんの映画は何本もＤＶＤとかで観られるから、興味があったら観ると良いわ。中には傑作もあるの。この『かの青空』とかはいい作品よ」

「メモしておきます」

『かの青空』。うん、良いタイトルだと思う。

「じゃあからさんは、実質上は今で言うシングルマザーとして、達明さんを育てたんですね」

「しっかりとね。お父様の会社が倒産してもこの家は残っていたので、とりあえず住むところには困らなかったし、帰国してからのからさんはものすごく精力的に作品を出し始めて、それが少しずつ認められていったので」

「とりあえず生活するのには困らなかったんですね」

そういうこと、って水島さんが言ったときに、足音がして居間のガラス戸が開いた。からさんが、笑みを浮かべながら入ってきた。

「私の噂話をしていたでしょう。何度もくしゃみをしたわよ」

三人で笑った。

「風邪とかじゃないですよね？」

「大丈夫よ。でもくしゃみをしたのは本当。そろそろ顔出さないと水島さんがどんな話をし出すか怖くなって」

「まずは、先生の二十代ぐらいまでの話はしておきました」

「もう充分《じゅうぶん》じゃないの」

「何か飲まれますか？」

からさんがテーブルの上を見た。

「ケーキがあるのね。じゃあ、コーヒーをいただこうかしら」

「はい」

お代わりもするので、コーヒーメーカーで。

＊

「聞いたんですって？　あなたのお祖父さんになってしまった男のこと」

コーヒーを持って戻ったら、からさんが言った。

「聞きました」

びっくりしました。

「知ってしまって、まずくなかったですよね？」

「まずいことなんてあるはずないじゃないの。まぁ戸籍には入っていないけれどもね、間違いなくあなたの祖父と呼んでいい人よ。逢坂駿一は」

「どんな方だったんですか？」

「どんなって、水島さん編集者にあるまじき大ざっぱな問い方じゃないの」

「すみません。今まで訊きたくても訊けなかったのでこの機会にとつい」

笑ってしまった。でも、これだけでからさんと水島さんが、単に作家と編集者じゃなくて、すごく仲が良いんだって伝わってきた。

「逢坂はね」

からさんが、コーヒーを一口飲んで、少し考えるように首を傾げて微笑んだ。

「俳優としては、一流だったと思うわ。残念ながらそれが認められるようになる前に亡くなってしまったのだけど」

まだ三十代だった。

「男としては、ろくでなしだったわね」

「ろくでなしですか」

「女にだらしなかったしね。恋人がいるのに私を妊娠させるような男なんだから、客観的に見ればそう言わざるを得ないでしょうね」

むぅ、って感じで唇を動かしてしまった。そういうの、まだ何も経験がないので何とも言えないけど。

「でもね、あぁ、まひろちゃん」

「はい」

「水島さんはもうどうでもいいだろうけど、まひろちゃんはこれからよね男性とのお付き合いとかが増えるのも」

「いえ、私だってまだ何も諦《あきら》めていませんけれど」

「何を言ってるのよもう五十を超《こ》えた仕事大好きな人が」

笑っていいものかどうか。

「あぁ、でもまひろちゃんは、男性が好きな女の子かしら？」

「そうだと思います」

女性を好きになったことはない。

「じゃあアドバイスになるかしらね。女にモテる男には二種類いるのよ。本物のろくでなしと、優しいろくでなしね」

本物と優しいの。

「その違いは何ですか」

「本物のろくでなしは、身体《からだ》とかお金だけが目当てになるから、そんな奴に引っかかっちゃ絶対に駄目ね。優しいろくでなしは、基本的には女性を泣かせようとはしないから、きれいに別れて、はい次、っていうタイプ」

うわ。

「どっちもなんかイヤですね」

「嫌だろうけど、そういう男に惚《ほ》れちゃうこともあるのよね。だから、本物には近づかないで、優しい方だったら何とか頑張《がんば》れば上手《うま》く行くこともあるでしょう」

「じゃあ、逢坂さんは優しいろくでなしだったんですか?」

水島さんが何か生き生きとして訊いた。

「そうね。優しきろくでなしよ。一応はきちんと前の恋人と別れてから私とちゃんと付き合い出したからね。まぁちょっと曖昧《あいまい》な部分はあったけれどもね」

「正式に結婚しなかったのは、何か理由があったんですか？」

訊いたら、からさんがうーん、ってちょっと唸《うな》った。

「それはねぇ、私も若かったからなんだけど、傷を残してみたかったっていう思いがあったかしらねぇ」

「傷？」

苦笑いのように、微妙《びみょう》な表情でからさんが少し眼を伏《ふ》せた。

「まぁ今にして思うと馬鹿なことをと思うんだけれども。創作のね」

言葉を切って、顔を上げて、少し息を吐いた。

「愛だの恋だのっていう思いは身の内にあっても、それらの傷はないかなって思ってしまったのね」

傷？

「そういうのを、ものすごく扱える人がいたのよ。詩作とか、絵とか、そういうものにね。私はきっと強かったのね。自分の中に愛の痛みとか、そういうものが一切《いっさい》なかった。そう思ってしまったのね」

「だからですか」

「たぶん、そういうこと。今ならね、そんな痛みとか傷なんかない方が幸せだって思えるけれどもね」

そんなことを、考えてしまうんだ。創作する人たちは。

「わかるような気がします」

水島さんが言った。

「からさん、そういうものを扱うときにはいつも一歩引いた感じで書いています。その距離感がまたからさんの作品の魅力でもあるんですけど」

「そうかしらね。そう読んでもらえるのは嬉《うれ》しいけれども」

読み取れるんだ。そういうものを。

「わたし、あたりまえかもしれないですけど、ここに来て今までまったく関わりのなかったことをしている人たちに、たくさん関係することになってます」

「関わりのなかった、って？」

水島さんが訊いた。

「まとめてしまうと、アーティストと呼ばれるような人たち。からさんもそうですけど、祐子《ゆうこ》さんも、タロウさんも、柊也《しゅうや》さんだってそうですよね。おまけに、もう会えないですけど、祖父は映画俳優だったなんて」

「そういえばそうね」

からさんが苦笑した。

「一気に増えちゃったわね。そういう類いの人たちが」

自分にはないものを持っている人たち。創作というものへの、何かを持ち続けている人たち。そういう人たちと暮らしているんだ今。

「タロウくんも柊也くんも、おもしろい才能を持っていますからね。私、ちょっと分野が違うのでまだはっきりさせていないんですけど、タロウくんの本を作ろうかなって思っているんですよ」

「あら、作品集みたいなもの？」

「そうです。ただ、彼の作品は写真にして本にするだけじゃ伝わらない部分が多すぎるので、そこでちょっと迷っているんですよね」

「確かにそうね。何か、本じゃない別の媒体《ばいたい》の方がいいかもしれないわね」

からさんが、ケーキにフォークを入れた。小さく切って、口に運ぶ。

「水島さん、自伝を書きましょうってお誘いだけれどね」

「はい」

からさんが、ケーキを食べながら、ちょっと外を見た。

「私は、そんなものを誰が読みたがるんだって思うから、自分で書こうなんてとても思えないんだけども、水島さんはそれが自分のところの上手い商売になると踏んでいるのよね」

水島さんは、もちろんです、って感じで大きく頷《うなず》いた。

「踏んでいます。慈善事業やファンだからってことではなく、編集長として商売になると計算してるからです」

「そうよね」

わたしにはわからないけど、でもそうなんだと思う。

「わたしは、読んでみたいです。からさんの自伝」

「あら、そう？」

「はい」

今日、少しだけしか聞いていないけれども、からさんの人生は波瀾万丈《はらんばんじょう》で、おもしろそうだ。

わたしの人生も、たった十八年だけどいろんなことがあって案外波瀾万丈かもしれないけれど、決しておもしろくはない。

「水島さんね、書かせてみてはどうかしらって思うんだけど」

「書かせる？　ライターにですか？」

「そう」

あら、って感じの表情をして、水島さんは少し唇をすぼめた。

「ロングインタビューのような形式になりますか？」

「そうね」

そうかもね、ってからさんが頷いた。

「ロングインタビューになるのか、あるいは少しずつになるのかわからないけれども、私が話をして、それを書いていくの」

「からさんがその形で納得していただけるのなら、書けそうなライターを何人か見繕《みつくろ》うことはできますけど」

「見繕わなくてもいいのよ」

「誰か、目当ての人がいます？」

からさんが、わたしを見た。

「まひろちゃん」

「はい」

「どうかしらって思っているんだけど」

どうかしらって。

「え？」

わたし？

「わたしが、書くんですか？」

水島さんも、少し眼を丸くしてわたしを見た。

それから、にいっ、って笑った。

「それで、今日はこんなふうに私を待たせたんですか。まひろちゃんと話をさせるために」

「そうなの」

からさんが、わたしが持ってきていたiPadを手にした。

「実はね、まひろちゃんはここに来たときから、日記というか、備忘録というか、そういうものを毎日書いているのよ。ね？」

「書いています」

本当に、日記というか、ただの記録だ。

「私が読んでもいいように書いてもらっているのね。その日にやらなきゃいけないこととか、買い物しなきゃならないもの、タロウや柊也や祐子ちゃん、そして私の様子、日々起こる細々《こまごま》とした出来事。そういうものをずっと書いているの。そう、そしてまひろちゃん、タイピングものすごく速いのよ」

「そうなの？」

「そうみたいです」

何だか自慢になってきそうだけど。

「とにかく、読んでみてくれない？　いいわよね？」

「いいですけど」

「拝見します」

水島さんは、からさんから iPad を受け取った。開いてあったのは、わたしの日記帳。読まれて恥ずかしいものじゃないけれど、なんか、編集者さんに読んでもらうっていうのは、ちょっと照れるかもしれない。

「きっと、少し読むだけでわかるわ」

からさんがそう言ったら、すぐに水島さんがiPadから眼を離してわたしとからさんを見て、にっこり笑って頷いた。

「いい文章ですね。シンプルな言葉遣いのリズムがとてもいいです」

「そうでしょう?」

からさんも微笑んで頷いた。

「その日記を書いたら読ませてね、って頼んで正解だったわ。きっといい文章を書ける子だって思ったから」

え。

「思ったんですか? 文章を書けるって」

「そうよ? だから読ませてねって言ったのよ」

「いつですか。いつ思ったんですか」

「会ってすぐよ」

「すぐ?」

からさんがまたそうよ、って言って頷いた。

「まひろちゃんが来て、玄関で初めて会話をして、すぐに思ったのよ。あぁ、この子の話し方はとてもリズムがいい。発声がしっかりしているのもそうだったけれど、きっとちゃんとした文章を書ける子だろうなって」

「そんなのがわかるんですか？」

ちょっとびっくりして水島さんを見たら、少し顎《あご》を動かすように頷いた。

「わかると思うわ。私たちみたいに、文章を書いたり読んだりすることを仕事にしている人間ならね」

「ちょっと喋《しゃべ》るだけで、ですか？」

「誰に対してでも、ってわけじゃないとは思うけれど、私も今日、まひろちゃんと話し始めてすぐに思ったわ。あぁこの子はすごくいい話し方をする子だって。きっと文章を書かせても上手いんじゃないかって考えたもの」

「そういう人は少ないとは思うけれども、間違いなくそういう資質を持っているっていうのはわかるものよ。あれよ、パッと見て足が速そう！　なんて思った人は大体足が速いものじゃないかしら」

あぁ、って思ってしまった。

それなら何となくわかるかな？

「それと同じような感覚だと思うわよ。私たち人間の感覚って、実はとても鋭いものなのよ。その鋭さが発揮されるというか、呼び覚《さ》まされるようなものを持っている人に対するとしっかり働くものよ」

その感覚が、からさんや水島さんの感覚が働いたのか。わたしの話し方や喋り方で。

なんか、スゴイ。

「まひろちゃんね、放送部でアナウンサーをやっていたんですって」

「あ、なるほど」

水島さんがポン、とテーブルを叩《たた》いた。

「それでなんですね。発声とかが本当にきれいだって思っていたんですけど」

「きれいよね。カレシがいないって言っていたけど、周《まわ》りにいた男子たちはなんて見る目が無いどころか聞く耳も無いんだろうって思ったわ」

「ですよね。こんなきれいな発声で話をされたら、惚《ほ》れますよね普通」

いやなんか褒《ほ》め殺しされそうで反対に怖くなってきます。

「増長《ぞうちょう》しちゃいそうです」

笑った。今までの人生でわたしは今いちばん褒められているかも。

「じゃあ、そうやってアナウンサーとしてちゃんとした練習をしていた、っていうのもあるんじゃないでしょうかこの文章の良さは」

「そう思うわ」

「そうなんでしょうか」

わからないけど続けて褒められているので、頷くしかない。そうか、わたしの書く文章はシンプルな言葉遣いなのか。

「アナウンサーとして話す言葉は、聞いている人たちに間違いなくきちんと伝わるようにしなきゃならないから、自然とそういうものが身に付いたのかも」

「まひろちゃんが生来持っていた資質に加えて、先生も良かったんじゃないかしらね。その顧問《こもん》の先生だったかしら？　タイピングも教えてくれたのよね」

「そうです」

「そもそもその先生がきっといい素養の持ち主だったと思うわ。原稿とかのチェックや話し方の指導とかもしてくれたのよね？」

「小さい頃に、児童劇団に所属していたそうです」

「あら、そうなの」

「そこで、発声の仕方とか喋り方をきちんと習ったそうです。放送部の顧問になったのも、そういう経験があったからだって言ってました」

なるほど、って二人して頷いていた。

「いい人に巡り合えたのね。ほら、運が強いでしょう？　師に恵まれたのよ、まひろちゃんは」

運が強い。

会った日に、からさんがわたしに言っていた。そうか、それもわたしが運が強いってふうに言えるのか。

「何ですか？　運が強いんですかまひろちゃんは」

水島さんが訊いてきた。からさんが、ちょっと首を傾げてわたしを見た。

「赤の他人に詳しく話すようなことではないのだけれど、水島さんは、決して言いふらしたりしないわ。信頼できる人」

「あ、大丈夫です。説明しても」

そもそもわたしは自分のかなり変わった生まれ育ちを隠そうなんて思っていない。あえて言うこともないけれども、必要なときには話している。

血の繋《つな》がっていない孫というのはもうからさんが教えていて、それは別に普通にあることだから水島さんも深く考えなかったそうだけど、わたしの出生のいきさつを教えてあげた。

そして、からさんが、それは運が強いんだと考えた方がいいって言ってくれたこと。そうか、そういう考え方もあるのかって思ったこと。

水島さんも、ゆっくりと頷いた。

「そう考えた方がいいと思うし、実際、とても運は強いと思う。何故《なぜ》なら、からさんの孫になってずっと一緒にいられるなんて、本当に羨《うらや》ましい。ここのタロウくんや柊也くんにも私はそう思ったわ」

「水島さんだって引っ越してきても良かったのに」

からさんが言って、水島さんは手をひらひらさせた。

「いえいえ、星は遠くから眺めるものです」

「星ですか」

「私にとって、〈みはらから〉という作家は文字通りのスター、星ですからね。スターと一緒にいたら眺められなくなっちゃう」

スターか。からさんが、少し恥ずかしそうに微笑んだ。

「まひろちゃんは、私のことをスターだなんて思っていないわ。一緒に住むことになったおばあちゃん。そういう意味でも、きちんと書いていけると思うんだけど、どうかしらね。編集者としては」

「イケると思います」

水島さんが、大きく頷いた。

「むしろ、できるのならぜひお願いしたいです」

「まひろちゃん」

「はい」

「お仕事としてやってちょうだい。そして、これは本になるものだから、当然出版社からあなたにギャラも支払われる。あなたの最初のマネージャーとしてのものじゃない、ライターとしての仕事になるわ」

わたしが。

ライター。

七　家族というもの

からさんの自伝本を作る。

ロング・インタビューという形式で、まずはわたしがからさんから話を聞いていって、それを録音していく。

一緒に住んでいるんだからいつでもできるなー、って思ってしまうとだらだらと長くなってしまうだろうからって、水島《みずしま》さんと三人でスケジュールを決めた。

週末、土日のどこかで一時間でもいいから話していく。もちろん、からさんの興《きょう》が乗ったら何時間でも話をする。休憩してもいいし、何かの合間《あいま》合間でもいい。話が始まったらすぐ録音できるようにしておく。土日以外でもその気になったら録音する。

そして、それをわたしが平日の空《あ》いている時間を使ってどんどん書き起こしていく。ある程度書き起こしたものが溜《た》まったら、からさんと二人でその原稿を読みながら、一緒に手直ししていく。

大体の区切れがいいと思うようなところで語り終わって、原稿も出来上がったら、そこで初めて水島さんにも読んでもらう。編集者である水島さんが、全体の構成なんかを考えて、もう少し話を聞きたいところや、あるいはここは省《はぶ》いてもいいんじゃないかってところをからさんと詰めていく。そして、わたしがまた原稿に起こして修正していく。

そういう形。


〈私は、昭和十八年の生まれですからね。

物心ってものがつくのが、三歳とか四歳とか五歳ぐらいだとすると、その年齢になった頃には戦争はもう終わっていた。

なので、あの戦争のことなど何にも覚えちゃいないし、よくわからないんですよ。

その昔に『戦争を知らない子供たち』って歌が流行《はや》ったけれど、私もそうですよ。もうこんなおばあちゃんになってしまっているけれども、戦争を知らない子供の一人なんですよ。

戦後の暮らしというものだって、そういう小さな子供だったのだから、何を見るにしても、聞くにしても、それが今の世なんだって当たり前に思ってしまうんだから、復興への道を歩《あゆ》む日本国の様子にしたって、他人様《ひとさま》に教えられるようなものはないわね。

小学校にしろ中学校にしろ、戦争が終わったらすぐに今と同じ制度になっていたのだから、本当に普通にこの家から小学校に通《かよ》って、そして中学校に通っていたんですよ。

今と比べるとそりゃあいろんな不自由やおかしいと思うようなものはあっただろうけれど、子供なんてどんな時代だろうと、子供なんですよ。よほど悲惨な状況で育たない限り、毎日遊んで騒いで成長していくものよ。

ただまぁ、私の場合は父親がね。普通の父親ではなかった。

何をもって普通とするのかという話になるでしょうけれども、まぁ父を知っている人は誰でも頷《うなず》いてくれますよ。あいつは変わった男だったとね。あぁ、もうそういう人もたぶんほとんど残っていませんけれど、本当に普通じゃなかったんですよ。その感覚も、行動も。

でも、結婚して子供を作って、家族がひとつになって暮らせるような家も造ったんですから、その辺は人並みの感覚があったということかしらね。

香道《こうどう》に関しては私はまったくわからなくてね。わからないというか、顔も知らない祖父がその道の家元のようだったけれど、そういう記録が残っているだけで、父はまったくその道には進まなかったようね。

ただ、何というのかしらね。

そういう道みたいなものを受け継ぐ人が、継承してきたのであろう作法とか姿勢のようなものは父の中にもあったんでしょうね。

何につけても形みたいなものは躾《しつ》けられたのはよく覚えてますよ。箸《はし》の上げ下げから掃除の仕方や礼儀作法みたいなものは、ね。

良《い》い悪いで言えば、そういうものはやっぱり教えられるものなら教えた方がいいと思うわ。この年になっても皆さんに褒《ほ》められますからね。姿勢がいいとか、字が綺麗《きれい》だとかね。

何かひとつでも、身に付いていれば、それは人生をきちんと生きていくよすがになるものですよ。それは良かったとしても、その他は普通じゃなかったわね。

それこそ、物心ついたときにはこの家にはたくさんの人が出入りしていたのよ。住んでいた人も、毎日通いのようにやって来る人も色々ね。

その人たちほぼ全員が、今で言うならアーティスト。当時なら芸術家とでも言っていたかしらね。画家や小説家、舞踏家や詩人、歌手も演奏家も、とにかくたくさんの人がこの家で暮らして、過ごしていましたよ。

父は貿易商みたいなことをやって相当に稼《かせ》いでいたと思うんだけど、その稼ぎをきっとほとんど自分が認めたアーティストのために使っていたのじゃないかしらね。何せ、家には借金取りみたいな人もよく来ていましたからね。

そう、稼いだお金だけじゃ足りなくて、なまじ信用があったのでお金もたくさん借りられたのね。そういうお金も事業に使うんじゃなくて、自分が愛した芸術家へ渡していたみたいね。

「お父様は、どうしてそこまでしていたのでしょうね？　芸術が好きだったというのはわかるとしても、借金してまでそういう人たちに投資というか、そういうことをしていたというのは」

「どうしてかしらね。父とそういう話をしたことなかったし、する前に死んでしまったから、本当のところはまったくわからないのだけれども」

芸術家として生きていきたかったのじゃないかしらね。

後からそんなふうに私は思ったのだけれど。

本人が何を、どんな芸術を目指《めざ》したのか、あるいは諦《あきら》めたのか、そういうこともわからないけれども、とにかく芸術家として生きていきたかった。

でも芸術への才能がなかった。

でもお金を稼ぐ才能はあった。

それで、自分が得られなかった才能を持つ人たちを自分で育てたかった？　そんな感じの人だったのかなぁと後から考えたわ〉

からさんとの会話を文章に起こしたもの。

「どうでしょうか。こんなふうに質問と会話を、からさんの語りの合間合間に挟《はさ》みこんでいくのは」

からさんはゆっくりとプリントアウトした原稿を読んで、にこにこしながら頷いていた。

「いいわね。こうしましょう。読んでいく中でいいアクセントになるわ」

「今はお互いに一回ずつしか会話していませんけど、こういう会話を増やした方がいいかな、って思ったんですけど。もう少し会話が続くように」

「そうしましょう。短すぎても中途半端だろうしね。その場に応じて長さは変えて」

そう言って、またうんうん、ってからさんが笑顔で頷いた。

「やっぱり、まひろちゃん言葉選びがいいわ。センスがある」

褒められるのは嬉《うれ》しいけど、自分ではわからない。

「私が喋ったそのままの言葉を書き起こすんじゃなくて、文字になったときの読みやすさを考えて言葉を選んでいる。考えてやってる？　それとも聴いて書き起こすときに感覚で？」

「感覚、だと思います」

考えてはいない。考えるところもあるけれど。

「ほとんど、聴いたときに打ちながら変えています」

「そしてその速さだものね。あれよね、テレビの字幕とかの仕事をしてもまひろちゃんスーパーなものになるかもね」

「自分でもけっこうやるなって驚いてます」

会話を録音したものを聴きながら、そのますぐに文字に起こすって作業を初めてやってみたけれど、ほとんどタイムラグなしに書いていける。そして書いたものを、後から推敲《すいこう》しながら書き直していく。

今は録音したものをそのまま文字にしてくれるソフトやアプリなんかもあるらしいんだけど、間違って文字にされたものを直していく作業ってけっこうストレスになるからって、水島さんが言っていた。

それだったら最初から自分で書き起こしていった方が全然ストレスがないからって。確かにそうかもって思った。


〈兄がいたのよ。三原楓《みはらかえで》という素敵な名前の兄。三つ上で、小さい頃は随分《ずいぶん》と身体《からだ》が弱くて、入院なども何度もしてたわね。その分、妹の私が丈夫になってしまったみたいで。

この兄は、優しい性格の人でね。とにかくひたすら優しかった。

全人類どころか、全ての生きとし生けるものに愛情を注いでいるんじゃないかっていうような人でね。虫一匹殺せなかったし、食べ物だって、魚や肉も一時期は食べるのは可哀想《かわいそう》だって思ってしまうようなね。本当にね、優しいにも程《ほど》があって、ある意味では厄介《やっかい》な性格だったかもしれないわね。その分、私が意地悪になったのかも。

優しくて、頭が良い人でね。そして感覚という面では、香道家であった祖父辺りか、先祖の血を引いたのかもしれない。

そう、五感が鋭かったのね。眼も耳も鼻も、普通の人よりもずっとずっと優《すぐ》れていた。何せ家の中を歩く足音だけで、誰が来たかがわかるほどだったのよ。耳の良さは息子にもね、私の甥《おい》っ子《こ》だけど、彼にも受け継がれているわ。

その兄が、きちんとしていた分だけ、妹である私は自由に生活をできたんだと思うわね。何せ昔のことだから、三原家を継ぐのはもちろん兄。娘である私はいずれこの家を出て行く身。結局出て行かなかったけれどもね。

まだその頃には父の商売も上手《うま》くいっていて、我が家はまるで上流階級の家のような暮らしぶりでね。父の会社の後を継ぐのも当然兄だろうって皆が思っていたし、兄も中学の頃にはもうそのつもりだったみたいよ。

そう、中学のときにね。自分から商売のやり方みたいな勉強もしていたのよ。父についてね。

母のことはね、そうね、実はほとんど知らないのよ。

まだご存命かどうかもわからない。どうかしらね、生きているとしたら九十五、六にもなられるのかしらね。百まで元気な方がいらっしゃる時代だから、お元気でいる可能性もあるわけだから、名前も何も話さない方がいいわよね。

何があったかはまったくわからないのだけど、私を産んで一年後ぐらいに離婚したようね。

そう、乳飲み子である私と、まだ四歳ぐらいだった兄も置いて、家を出ていって実家に戻ったと後から聞かされたわ。でも、それも嘘か本当かも私にはわからない。とにかく、知っているのは名前と、後はわずかに残っていた写真の顔ぐらいね。

一度も会ったことないわ。電話で話したことすらない。

父が死んだときにも何もなかったから、まぁ本当に物の見事に、愛した夫も自分が産んだ子供のことすらも忘れて、あるいはそう決めて、暮らしていったんじゃないかしらね。あぁ、それもわからないわね。早くに亡くなってしまっているのかもしれないし。

とにかく、私の人生で、母親という存在は一切《いっさい》ないの。

ただ、まぁ、お手伝いさんのね、ちえさんという方がずっと家にいてくれて、その人が母親代わりになるのかしらね。何せ四歳と一歳の子供がいる家のことを一切合切《がっさい》やっていてくれたんですから。


ちえさんは、本当に何の係わりもない赤の他人。父が知人の紹介で雇った、乳母兼家政婦さんという感じかしらね。他にも何人か、私と兄が小さい頃には通いで来てくれていたみたい。そりゃあそうよね。わけのわからないアーティストたちが出入りする家に、子供が二人なんだから、一人で対応できるわけがない。

ちえさんは、私が中学を卒業するまでずっと一緒だった。その頃にはもう六十か七十になられていたんじゃないかしらね。通いの人もいたし、自分はもう年だし私たちも大きくなったしで、辞《や》められた。

本当の母親のように思っていた、なんてなると話すこともいろいろと多くなるんだろうけど、そんなことはなかったかしらね。

一線をきちんと引いていた人だったから。私は家政婦です、って。躾けみたいなことは一切しなかったと思うわ。その代わりに、人として正しいことと悪いことは、きちんと教えてくれた。今でも覚えているけれど、小学校に入った頃だった。ちえさんが洗い物をするのを手伝おうとしたの。

そうしたら、「それは人としてとっても正しいことですね。優しくて素晴らしいです。でも、伽羅《きゃら》さん、これは私がお金を貰《もら》ってしている仕事です。伽羅さんに手伝ってもらうと私はお給金の一部を返さなきゃなりません」って。それまでちえさんが仕事としてやっているんだなんて考えたこともなかったから、ちょっとびっくりしたわ。

プロフェッショナルよね。その後にね、「もしも、将来は自分一人で何でもできるようになるために、家事の練習をしたいというなら、喜んでお手伝いしますよ」って。そういうふうに、私たちに接して育ててくれた人。

田舎が青森《あおもり》の方でね。引退してからはそちらでずっと暮らしていた。手紙なんかをよく書いたわ。亡くなられたときには兄と二人で葬儀にも行ったし。

そうね、今私の作るものに母というものの香りがあるのなら、それは全部ちえさんという存在に繋《つな》がるのだと思うわ。実感としてはね〉

そうか、からさんもお母さんという存在をまったく知らないで育ったんだ、って話を聞きながら思った。

いろんな家庭があるんだなって、からさんの話を起こしながら改めて思っていた。

わたしは、実の母も父も知らない。

タロウさんも、偶然だけど同じような境遇。柊也《しゅうや》さんはお母さんしかいないで、お父さんのことは何も知らないって。静香《しずか》ちゃんにはお父さんもお母さんも、お祖父ちゃんもお祖母ちゃんもいる。

（そうか）

本当にたまたまなんだろうけど、からさんの家には、似たような境遇の人が集まってきちゃっているみたいだ。

でも、皆、知り合いになって仲良くしてくれるし、やっている。

わたしの今のお祖母《ばあ》ちゃんは、からさんになっている。

（家族って、何だろう）

そんなことを考えながら、ずっとからさんの人生を原稿に起こしていった。

＊

晩ご飯には必ず肉のメニューをひとつ入れるようにする。

からさんが肉食女子だから。

若い頃はそんなこと考えなかったけれど、五十代の後半ぐらいから気づいたことなんだそうだ。

一日一回は肉を食べないと、元気が出ないって。

若いうちはそもそも体力があるから気づかないだろうし、何を食べてもそれをエネルギーにできるんだろうけど、歳を取るとそのエネルギーに変えることすら鈍《にぶ》くなっていく。それを補うために、直接エネルギーになりやすい肉を毎日少しでも食べた方がいいんだって。

本当に肉が直接エネルギーになるのかどうかはわからないけど、経験上そう感じたって。実際、からさんは本当に毎日元気なので、きっとそうなんだろうって思う。お年寄りの方ほどお肉はきちんと摂《と》った方がいいんじゃないのかな。

その話も実は自伝本のロング・インタビューの途中で出たんだけど、それはあまり関係ないから後で外《はず》そうって二人で話していた。おばあさんが何を食べているかなんて、自伝に書いてもしょうがないって。

今夜は、ハヤシライスにした。

前にも作ったけど、切り落としの牛肉でも大きめのものをすごくたっぷり入れるから、若いタロウさんや柊也さんにも大好評。

ハヤシライスもそうだけど、カレーとかシチューとかポトフとか、煮込んだ料理を作っておけば、後から温めるだけで食べられるから、居候《いそうろう》がいるこういう暮らしにはちょうどいいって、からさんも言っていた。余っても次の日にまた食べるか、冷凍できるものはしておけばいいんだからって。

どんどん料理の腕が上がってるって自分でもわかるし、すごく楽しくなっている。わたしは、元から嫌いじゃなかったけれど料理が好きみたいだ。料理というか、何かが出来上がるのが楽しいんだ。

からさんが絵を描いていて、それがどんどん完成に近づいて行くのを見ているのも楽しいし、タロウさんが作業場として借りて、働いてもいる鉄工所で作品を作っているのも見せてもらったけれど、それもすっごく楽しかった。

からさんの家に来なかったら、そんなことには気づけなかったかもしれない。

タマネギをたくさん切っていたら、祐子《ゆうこ》さんが台所に来た。

「手伝う?」

「あれ?　お店は?」

四時半を過ぎている。祐子さんはもうそろそろお風呂に入って、そしてお店に出かける時間。

「今日は休みにしちゃった」

しちゃった?

「どこか具合でも悪いんですか?」

ふぅん、って唸《うな》るような声を出しながら、椅子を引いて座った。

「たまーにあるのよね。まるで気持ちが入ってこない日が」

「気持ち」

「やる気にならないってことね。こういう日は何をやってもダメだし、いろいろ失敗したりするから休んじゃった方がいいの」

なんとなくわかるけれども。

「あぁでもお店は営業するわよ。私がちょっと休むっていうだけ。後から顔は出すと思うけれど」

祐子さんのやっているスナック、名前は〈スターダスト〉。ジャズの名曲、スタンダードナンバーの曲なんだって。

普段は祐子さんとユミちゃんとアルバイトのヤコちゃん、全員Yがつく名前は偶然なんだけど、三人でやってる。祐子さんがいる日はもちろんライブとかもやるけれど、祐子さんが休んでいるときは普通のスナックというかバーというか、音楽がたくさん聴ける飲み屋さん。

「まひろちゃんもあれよ？　どうしても気持ちが入ってこない日なんかは、スパッとお休みした方がいいわよ」

「お休みですか」

「そうよ。まひろちゃんの仕事って家事に加える形でやってるんだからけっこうハードなのよ。やることたくさんあるでしょ？」

あるといえば、ある。

「まぁマネージャーやライターの仕事はあれだけど、家事なんて一日や二日サボったって誰も困らないんだから。ご飯なんて皆大人なんだから自分でできるんだし、二、三日掃除しなくたって誰も死なないんだから」

それは確かにそうだ。

「あと、あれよ。風邪とかそういうのもね。ちょっとでも具合悪いかなって思ったらすぐに休んだり病院に行ったりね。まひろちゃんの身体も心配になるけど、何よりもからさんにうつったりしたら大変だから」

「そうですよね」

からさんは、もう七十過ぎているお年寄りだから。

「今日はハヤシライス？」

「そうです」

「サラダは？」

「大根があるのでそれを使おうかと」

オッケー、大根のサラダねって祐子さん。祐子さんも、料理が上手だ。お店ではおつまみや食べるものを出すこともあって、それはほとんど祐子さんが作っているんだって。

「柊也とタロウの分も作っておく？」

「はい。柊也さんは帰ってきます」

タロウさんはわからないけれど、たぶんまた遅い時間になると思う。でも、作って冷蔵庫に入れておけばいつでも食べられるから。

「あら珍しい」

居間で電話が鳴るのが聞こえて、祐子さんが言う。

「出ます」

走って居間へ。

電話に出るときには名乗らなくていいからね、ってからさんに言われた。向こうが「三原さんですか？」って言うのを待つんだって。

昔はそんなことなかったのにね、ってからさんが嘆《なげ》いていた。今はどんなとんでもない詐欺《さぎ》の電話や、おかしな連中からの電話がかかって来るかわからない。ましてやこの家には老人と、そしてわたしという若い女の子しか電話に出ないから、名乗るだけでどんなふうに狙われるかわからないから用心のためなんだって。

でも、わたしが来てから電話が鳴ったのはまだ二回しかなくて、二回とも出版社からのファックスだった。だから、電話が鳴ったときもまたファックスだろうと思っていたんだけど。

「はい」

(もしもし、三原さんのお宅でしょうか)

女の人の声がしたのでちょっと焦《あせ》った。

「はい、そうです」

(すみません、そちらに下宿している山田太郎《やまだたろう》の義姉《あね》なんですが、あの、太郎くんは部屋にいるでしょうか)

タロウさんのお姉さん？

「いいえ、タロウさんはお仕事に行っていて不在ですが」

今朝はわたしとからさんと一緒に朝ご飯を食べて、出かけていった。今作っているものの仕上げをするんだって、張り切っていた。

「作業場の方にいるんじゃないかと思うんですが」

（携帯にかけても出ないんです。鉄工所の方にかけても今日はもう出て戻って来ないと言われました）

来ていない。

あ。

「そう言えば、仕上げをギャラリーに運んでやると昨夜《さくや》に言っていたと思います。そっちにいるかもしれませんけれど、どこのギャラリーかはわたしもわからないんですが」

電話の向こうで何か焦っているような雰囲気《ふんいき》があった。

（あの、緊急なんです。どこのギャラリーかは誰もわかりませんか？　タロウくんの兄が、夫が倒れて病院に運ばれて）

「え！」

お兄さんが。

そうか、姉って言ったのは義理のお姉さんってことだ。お兄さんのお嫁さんだ。本当のお姉さんもいたのか、って一瞬思ってしまった。

「あの、容態は?!」

（まだわかりません。倒れて意識がないと会社の人に聞かされて、私も今病院にいるのですが）

どこのギャラリーか。柊也さんならわかるだろうか。からさんも知ってるかな。部屋に行ったらDMとか置いてあるかな。

「確認してみます。これはお義姉さんのスマホからでしょうか」

（そうです）

「番号確認させてください」

タロウさんのお義姉さんのスマホの番号をメモする。

「病院は」

全然知らない病院の名前。住所が中央区なのは、お兄さんの勤める会社がそこなんだろうか。そういうの、全然知らない。

「わかるかどうかはわかりませんけど、すぐに確認してみます。折り返し、お電話します。わたしは、この家で暮らしている神野《じんの》と言います」

（ありがとうございます）

電話を切った。わたしの様子に気づいて会話から察《さっ》して、祐子さんはすぐ近くに来ていて、自分のスマホで誰かに電話をかけていた。

「柊也に電話してるから。タロウの居場所ね？　ギャラリーの」

「そうです」

「誰？　タロウのお兄さんに何かあったの？」

祐子さんが訊《き》いてわたしが答える前に、電話が繋《つな》がったみたいだ。

「柊也？　今大丈夫？　そう、タロウが今どこかのギャラリーに作品持ち込んで仕上げをしているらしいんだけど、どこかわからない？　そう。緊急なの。あいつスマホに出ないみたいで」

祐子さんがスマホをずらした。

「誰がどうしたって？」

「お兄さんが倒れて意識不明です。お嫁さん、タロウさんの義理のお姉さんから」

「聞こえたね？　そう、どこのギャラリー？　まってメモする」

メモとボールペンをエプロンから出して、渡した。

「銀座《ぎんざ》ね？　それと神保町《じんぼうちょう》？　そんなところにもあるのね。待って、まひろちゃん、タロウのスマホに電話してみて」

「はい」

すぐにポケットから出して、かけた。

タロウさんの番号。

「出ません。電源を切ってるか、圏外か」

「切ってるっぽいわね。あいつよく作業中は切ってるわよね。いや、まずはこっちからこの二つのギャラリーに電話してみるから。うん、待ってて。電話する」

電話を切った。

「柊也はまだ大学にいるみたい。このまま直接ギャラリーへ行けるっていうから、まずは電話してみましょ」

「じゃ、わたしは銀座の方へ」

「うん」

祐子さんが神保町のギャラリーへかけた。わたしは銀座のギャラリーへ。でも、銀座の方は休館のアナウンスが流れた。

「休みです」

「こっちは誰も出ないわ。よりによってね」

「どうしたの」

からさんが来た。

「何があったの」

説明したけど、タロウさんが今回作品を搬入するギャラリーは、からさんも知らなかった。

「その二つのギャラリーのどちらかなのね？」

「柊也はたぶんどっちかだって言ってた。そうじゃなかったらわからないって」

「ギャラリーの予定は？　きっとサイトに載《の》せてますよね？　次の個展のスケジュール。それかタロウさんの部屋にDMとかそういうものは」

それよ、って祐子さんが言ってスマホを持ち直した。

「神保町調べる」

「わたしは銀座を」

二人でスマホで検索する。

「あったわ。〈ヤマダタロウ個展〉」

「あ！　こっちでもやります！」

「え？　二つとも？」

そうよ、ってからさんが手を叩《たた》いた。

「二ヶ所でやるって言ってたわよタロウ。今回は大きい作品と、小さい作品を別々にしたって」

そうか、大きい作品は大きいギャラリーで、小さいのは小さいギャラリーで。

「じゃあ、どっちにいるかわかりませんね」

「行ってみるしかないわね。柊也は神保町なら大学から近いわよね」

「すぐね」

「柊也には神保町に向かってもらって、まひろちゃん、銀座の方に行ける？　タクシー使いましょう」

「呼ぶわ」

祐子さんがタクシー会社に電話した。

「晩ご飯はどうしましょう」

からさんが台所の方を見て、頷いた。

「ハヤシライスね。大丈夫、私が作っておくから。それにしても心配ね」

顔を顰《しか》めたからさんが、少し考えた。

「タロウのお兄さんって、確か十五歳も離れているって言ってたわね」

「そう言ってました」

「じゃあ、五十歳にもなるのね。突然倒れて意識不明ってことは、脳か心臓よねきっと。そういうふうになってもおかしくない年齢だわ」

わからないけど、たぶんそんな感じなんだろうか。

「タクシーすぐ来る」

祐子さんが言った。

「お金は持ってるわね？　まひろちゃん」

「あります」

預かっている生活費がまだたくさんある。

「タクシー代はそこから出して。タロウがまっすぐ病院に向かうようなら一緒に乗って行って出してあげて」

「わかりました」

「柊也に電話するわ。まひろちゃん支度して行って」

「はい」

「私からお義姉さんに電話するから。ギャラリーはわかったけれど、これからタロウを捜しますって。何かわかったら、すぐに電話するから」

「お願いします」

着替えなくてもいいけれど、エプロンは外して、小さなバッグだけ持っていこう。

「行ってきます」

玄関から声を掛けた。向こうで祐子さんが電話しながら行ってらっしゃいって手を振ったのが見えた。

八　暮らしの中の出来事

一人でタクシーに乗るのって、初めてだ。

乗った瞬間にそんなことに気づいちゃって、ちょっと楽しいかもって思ってしまって、でもすぐに打ち消した。こんなときに何を考えてるんだって自分で自分を怒ってしまった。心の中で。

タロウさんのお兄さんが死んじゃうかもしれないのに。

（あ、いや）

そんなふうに思うことの方が不謹慎というか、いけないか。まだ何にもわかってないのにそんなふうに考えちゃ。

でも、読んだことがある。何かが起こったら、常に最悪の状況を想定しておけばどんなふうになっても慌てたり驚いたりしないで、冷静に判断ができるって。ついでに最良の想像もしておけば暗くならないで済むっていうのも。

確かにそうかもしれない。

ひょっとしたら、わたしっていつも、何か暮らしの中でちょっとした出来事みたいなことが起こったら、最悪の事態を瞬間的に考えているんだろうか。だから、慌てないで、肝《きも》が据わっていて、かつ適応能力が非常に高いなんてことを言われたんだろうか。それはそれで、良いことなのかな。

銀座《ぎんざ》のギャラリーの住所を運転手さんに伝えたら、軽く頷《うなず》いてミラーでチラッとわたしを見た。

「今の時間ならどこを通っても変わらないでしょうから、日比谷《ひびや》通りを行きましょうかね」

そっちの通りの名前はよくわからない。

「なるべく早く着くルートでお願いします」

「わかりました。裏道を通った方がいいようならそうしていいですか？」

「お任せします」

「済みませんね。ちゃんと裏道走ることを言っておかないと後で怒られることもあるもんでね」

餅は餅屋、ってことわざは中学生のときに覚えた。プロがいるんならプロに任せた方がいいんだってこと。

「はい、大丈夫です」

「十分か、十五分ぐらいかな。どこかで渋滞につかまらなきゃ」

「はい」

あたまがつるつるでお坊さんみたいな感じの、優しそうな笑顔の運転手さん。名前を見たら〈吉《よし》岡昭憲《おかしょうけん》〉さんって書いてあって、本当にお坊さんみたいなお名前だなって思ってしまった。

手に持ったままの iPhone を見たら、ちょうど LINE が入った。

祐子《ゆうこ》さんからだ。

【お義姉《ねえ》さんには電話したわ。連絡待ってるって。タロウつかまったらまっすぐ病院に行って】

【わかりました】

またLINEが入った。柊也《しゅうや》さんだ。

【着いたけど、こっちには誰もいない。たぶんタロウは銀座のギャラリーにいる】

【わたしが向かっています。もうちょっとしたら着くと思います】

【僕はこのままその病院に向かうよ】

【病院へ?】

【銀座へは間に合わないだろうし、何もできないけどとりあえず行ってみる。一緒に帰れるし】

【それがいいわ。向かって。私たちは家で待ってるから】

【了解】

【タロウのバカにはスマホ電源切るなって言って】

【言っとく】

わたしも言っておこう。スマホ、携帯電話の利点というのは、いつでもどこでも連絡が取れるようになるってことだ。だから、持っている以上は電源は切らない方がいいってわたしは思う。何かの時のためにはマナーモードとかがあるんだから。

タクシーが通りに面したギャラリーの前に停《と》まって、お金を払って領収書を貰《もら》っているときに、タロウさんが中にいるのが見えた。

「すみません、このまま待っていてください。今、人を呼んできて、またすぐ次に行きます。いいですか？」

「いいですよ」

急いで降りたときにギャラリーの中で何かやっていたタロウさんと眼が合った。タロウさんがちょっと驚いた顔をしてから笑顔になって、でも、きっとわたしの様子を見てすぐに表情が曇《くも》って。わたしがギャラリーのドアのところに着く前に、そこから飛び出すように出てきてくれた。いつもの、Tシャツにラフなカーゴパンツ姿。

「まひろちゃんどうした？　何かあったのか？」

「タロウさんのお義姉さんから電話があったんです。お兄さんが倒れて病院に運ばれたって」

「兄貴が？」

「病院、聞いています。このままあのタクシーで行きましょう。タクシーの中からお義姉さんに電話しましょう」

「わかった」

ちょっと待っててくれってタロウさんがギャラリーの中に入っていった。少し暗くて見えなかったけど、中には誰かいるみたい。タロウさんはボディバッグを手に持ったまま走ってきた。

「行きましょう」

運転手さんには、病院の住所を伝えておいた。行ったことない病院だからってナビに入れて、最短ルートを探してくれていた。この運転手さん、いい人だと思う。ちゃんと仕事ができる人。

すぐにタロウさんがスマホの電源を入れて、お義姉さんに電話をする。

「出ないな」

「何かわかったのかもしれませんね。お医者さんと話をしているとか」

「そうかもな」

一旦切った。

「電源切るなって皆が言ってました」

「わりぃ。癖になってるんだ」

集中したいときに電話で邪魔されるのがいちばんイヤなんだって。

「お兄さん、どこか悪かったんですか？」

「いや」

顔を顰《しか》めて、首を軽く横に振った。

「そんな話は聞いてないな。酒もそんなに飲まないし煙草《たばこ》も吸ってないし」

タロウさんも、柊也さんもそうだ。お酒はそんなに飲まないし煙草も吸っていない。家でいちばんの酒飲みは実はからさんと祐子さんで、二人とも煙草も吸うんだ。

「柊也さんも病院へ向かってます」

「柊也も?」

電話を受けたときに、タロウさんがどこにいるかわからなくて皆で連絡し合ったことを教えた。

「そっか、いや悪かったな。皆にバタバタさせちまった」

「大丈夫ですよ」

皆なんとも思っていないですきっと。心配しています。

病院で柊也さんと会って、そしてわたしと柊也さんは二人で電車で帰ってきた。帰りは緊急ではないのだから、タクシー使うのはもったいないからって。

からさんの家についたらもう六時を過ぎていて、ちょうど晩ご飯の時間。

LINEで連絡しておいたから、祐子さんとからさんで全部作っておいてくれて、まるでお客様みたいに着いたらそのままテーブルについて、さぁ食べましょうって状態になっていたんだ。

「いただきます」

祐子さんがここで晩ご飯を食べるのは珍しいから、この四人で食べるっていうのもひょっとしたら初めてだ。

「まぁ命は助かって良かったわよね本当」

「そうね」

タロウさんのお兄さん、幸介《こうすけ》さんは、脳梗塞《のうこうそく》だったらしい。

でも、会社で仕事をしているところだったので周《まわ》りに人がたくさんいてすぐに気づかれて、救急車で運ばれるのも早くて、処置が迅速《じんそく》にできたので命に別状はなかった。

細《こま》かいことはまだタロウさんから聞けていないけれども、どこかしら機能的な障害が出るかもしれない。

「それは、これからね」

祐子さんがハヤシライスを食べて言う。

「知り合いにもいたのよ。脳梗塞やった人」

「いるわね。私なんか何人もいるわ」

「そんなにいるんですか」

わたしは聞いたのは初めてだ。

「けっこう多いって話は聞いてる」

柊也さんが頷いた。

「でも、機能障害が出てもリハビリで完全に治る人もいるしね。もう人それぞれだから、良い方に転んでくれることを願うのみよ」

「そうね」

祐子さんにからさんがそう言って、お水を飲んだ。

「息子さんが、お兄さんのね、アメリカにいるって言っていたわね」

「そうなんですか？」

それは初めて聞いたかもしれない。

「二十歳ぐらいよね。大学生でしょ？」

ケイって名前。恵《めぐみ》って書いてケイ。前にネットでタロウと一緒に話したことある。いい奴だよ。明るくて素直で。タロウとも仲が良かったし」

ケイさん。お兄さんの息子なんだから、タロウさんにとっては甥《おい》っ子《こ》さんってことになるのか。そうか、タロウさんは甥っ子さんともずっと一緒に暮らしていたんだ。お兄さんの家で。

「アメリカにいるのなら、すぐに帰ってくるのは難しいですよね」

言ったら、そうかもね、って祐子さんが顔を顰めた。

「お金もかかるしね。何よりもこれからいろいろ物入りだろうし、命に別状はなかったんだから慌てて帰ることもないだろうし」

アメリカで大学生か。

詳しくはわからないけど、きっとお金はけっこうかかっていると思う。お兄さんがもしも社会復帰できないなんてことになったら、本当に大変かもしれない。それは、わたしが心配してもどうしようもないことだけれど。

「しばらくはタロウも大変かもしれないわね」

からさんが言う。

「ひょっとしたらお兄さんの家に戻ったりするかも」

柊也さんが言うと、祐子さんも頷いた。

「あるかもね。お兄さんの病状次第だろうけど。まぁ明日には詳しいことがわかるんだろうし、私たちにできることがあれば、協力してあげましょうよ」

皆で、頷いていた。

*

タロウさんの個展の期間は、神保町《じんぼうちょう》も銀座もどちらも十日間だった。

そして、お兄さんの入院も、ちょうどって言うのはちょっとおかしいけれども、十日間だった。

タロウさんの話では本当に処置が早かったので、軽いと言える程度だったらしい。そして、ほとんど機能障害もなかったらしい。

それでも多少社会復帰のための自宅でのリハビリめいたことが必要で、タロウさんは病院からお兄さんと一緒に家に戻って、そしてそのまましばらくお兄さんの家にいることになった。

たぶん、一週間か、二週間ぐらい。お兄さんが会社に戻れるようになったら、またからさんの家に戻ってくる。

「まぁ本当に良かったよね」

「うん」

柊也さんと二人で、神保町のギャラリーで作品の片づけをタロウさんの代わりにやっていた。お兄さんの退院と重《かさ》なっちゃったので、そうしたんだ。

こっちにあるのは小さい作品ばかりなので、二人でパッキングしてそのままキャリーバッグ二つに入れて、からさんの家に持ち帰る。銀座の方は、大きな作品ばかりなので、タロウさんが業者さんに頼んであって、働いている鉄工所の方に持っていくそうだ。

ギャラリーの片づけは、ギャラリーの人がやってくれるそうなので、本当にわたしたちは作品を持って帰るだけ。

「まひろちゃんのお母さんたちは、元気にしてるのかな」

プチプチで作品を包みながら、柊也さんが訊《き》いてきた。数が多いから、けっこう時間がかかるかも。

「うん」

お母さんと、お継父《とう》さん。

「お継父さんとは呼ばないけれど、達明《たつあき》さん」

「そうだね」

柊也さんも達明さんとは会ったことがあるそうだ。優しくて楽しい人だって言ってたけど、その通りだと思う。初めて会ったときのわたしの感想は、おもしろいおじさん、だった。

「新婚さんだから、二人で楽しくしてますよ。札幌《さっぽろ》の街もとっても素敵だって言ってる。毎日歩き回ってるって」

「札幌ね」

「あ、柊也さんは札幌には？」

同じ北海道だけど。

「何度か行ったことあるぐらいかな。僕は旭川《あさひかわ》からそのまま東京に来ちゃったからね。あ、旭川市と札幌市はね、ＪＲの特急で一時間とちょっとぐらい。十分とか二十分とか」

「特急で一時間ちょっと」

そんなに遠くもないのかな。そう言ったら、柊也さんはちょっと笑った。

「東京で育った人と、僕ら北海道で育った人間の電車の感覚っていうか、距離感って全然違うと思うんだ」

「そうなんですか？」

「たとえば、そうだな」

少し考えた。

「吉祥寺《きちじょうじ》とかに遊びに行こうと思ったら、乗り換えとかで一時間ぐらいかかるところはあるよね。東京にも」

「ありますね」

吉祥寺には一回行ったことあるけれど、一時間ぐらいなら全然普通にある。もちろん乗り換えとかなければもっともっと早く着くけれど。

「北海道は、電車っていうかＪＲしかないんだけどね。ＪＲに乗って一時間ちょっとも行くのは、ほとんど旅行気分」

「旅行」

「旭川から札幌に行くのも、ＪＲに乗ったら旅行気分だよ。ちょっと行ってくる、なんて感覚じゃないんだ。北海道で有名な観光地の小樽《おたる》とか函館《はこだて》とかあるよね」

「うん」

どっちも行ってみたい。北海道ならどこでも行ってみたい。

「小樽なら二時間かかるし、函館なんて五時間ぐらい、もっとかかるのかな。日帰りなんてちょっとキツイ」

「それは、キツイですね」

五時間もかかるのか。

北海道は広い。

「札幌はね、街の様子はわかるけれど、いいところだよ。東京を十分の一にした感じ」

「十分の一？」

「本当にそんな感じなんだ。駅前とかにいると、東京のどこかにいるのと全然変わらない感じ」

「そうなんですね」

「旭川は、札幌をさらに半分以下にしたみたいな感じ。そこそこ何でもあるけど、駅前の中心部だけであとはただの地方都市」

わたしは、東京以外には住んだことがない。他の町がどんな様子なのか、雰囲気《ふんいき》を持っているのかっていうのも知ってみたい気がする。

「旭川には、お母さんが一人でいるんですよね」

「そう」

柊也さん、お父さんのことは何にも知らないって初めて会った日に聞いた。どこの誰かも、今は何をしているのかも。

わたしの生みの母と同じだ。いったいどこでどうしているのか、何も知らない。

「今回みたいな、タロウの兄さんみたいに倒れたとかって話を聞いたら、やっぱり心配になる」

「ですよね」

「母親も、もう六十も近いからさ。五十八歳」

五十八歳。祐子さんが五十歳だから、それよりも上なんだ。そして、柊也さんはお母さんの年齢をちゃんと知っているんだ。

高校のときに、同級生の男子と話していて、お母さんやお父さんの年齢をきちんとわかっていない子が多くて、びっくりした。どうして親の年を知らないんだろうって。

「就職は、東京でするんですよね」

うーん、って少し考えながら小さく頷いた。柊也さんは来年には四年生だから、もう就職活動みたいなものは考えているはず。

「実際、どんな仕事をしたらいいのかってまだ考えているんだけど、どう考えても東京の方が仕事の数は多いんだよね」

「ですよね」

高校を出て、すぐに就職したクラスメイトもたくさんいる。わたしだって、そもそもは会社に就職するはずだった。確か、近藤《こんどう》くんだったかな。お祖父《じい》さんのいる鹿児島《かごしま》に就職先を探していた。どういう事情なのかは知らなかったけれど、なかなかないんだって。東京の百分の一ぐらいしか就職先がないなんて言っていた。

「きちんと就職できて、母さんも呼んでこっちで暮らしていけたらって考えることもあるし、旭川に帰るっていう選択肢もあるけど、就職は難しいかなとかさ。仕事を、やることを選ばなきゃ何でもあるとは思うんだけど」

お母さんと暮らすことを考えているんだ、柊也さんは。そう訊いたら、頷いた。

「やっぱり母一人子一人だからさ。まだもう少し母さんも元気だとは思うんだけど。まひろちゃんのお母さんは、叔母さんなんだもんね。また一緒に暮らすとかは」

「そうですねー」

何年か経《た》って、お母さんと達明さんがからさんの家に戻ってくるようなことがあって、そのときわたしもまだ住んでいるのなら。

「そのまま一緒でもいいのかなって思ってますけど」

二人が札幌にいる間に、わたしが向こうに行って一緒に暮らすようなことにはまだならないとは思う。何か、とんでもない心境の変化や、あるいはお仕事の関係で北海道に行くなんてことがない限りは。

「五歳ぐらいからなんですよ。お母さんと暮らし始めたのは。正確には叔母さんなんですけど」

「うん」

「でも、何となくなんですけど、本当のお母さんじゃないっていうのはずっとわかっていたんです」

「え、わかってたの？」

わかっていたっていうか。

「何となく肌で感じていたっていうのか、そんな感じがあったんです。たぶん記憶の中にあったんじゃないかと思うんです」

父と母と暮らした記憶っていうのが。

「きちんと教えてもらったのは小学校に入ったときで、そのときにはもう〈きょうだい〉っていうのはどういうものかを理解していたので、お母さんの『私はあなたの叔母さんなの。あなたのお母さんの妹なんです』っていうのを、あぁやっぱりそうだったのか、って」

「じゃあ、悲しかったり、そういうのは」

「全然なかったです。わたしは、お母さん大好きだったので」

淋しいとか悲しいとか辛《つら》いとか、そんなことはこれっぽっちも思わなかった。本当のお母さんに会いたいとかも、全然。

「でも、中学校に上がる前に、またきちんとお母さんから説明されたんです。『実は私はあなたと血の繋《つな》がった叔母ではない』って。そこで初めて、自分の生《お》い立ちの複雑さを全部教えてもらって、理解して。いやこれはびっくりだねって」

「びっくりしたんだ」

わたしが笑ったので、柊也さんも笑う。

「本当にただただ驚いただけだったんです。その頃はもうわたしはマンガとか小説とか映画とか、そういう物語が大好きな子だったので、そんなメンドクサイ生い立ちの主人公は誰も書かないよな、なんてことをすぐに思ったぐらいで」

「確かに」

わたしはずっとお母さんが好きだったし、お母さんもわたしのことを愛情を持ってちゃんと育ててくれたし。何ひとつ不満はなかった。

「でも、わたしの生みの母がどうなってしまっているのかは、今も気になっています。お母さんも

「一切《いっさい》何もわからないままなので」

あぁ、って柊也さんが頷いた。

「そこって、僕とまひろちゃん似てるよね」

「似てますよね」

柊也さんは、お父さんが誰なのかまったく知らない。

わたしは、名前だけは知っているけどその他はまったくわからない。お互いに生きているのか死んでいるのかも、わからない。

「お母さんは、いつかは調べなきゃならないことかもしれないねって言ってます」

「いつかは?」

「わたしが結婚するときとか、そういうときに」

うん、って柊也さんも少し唇を動かした。

「それはあるよね」

「柊也さんも、もしも誰かと結婚しようって思ったときに、気になりますよね」

「なるし、たぶん向こうも気にするよね。一体父親は誰なんだって。向こうが気にしなくても、向こうの親とかが」

「なりますよね」

もしもわたしが柊也さんと結婚しようなんて思ったときのことを想像したら、絶対に気になる。

「二人して、優秀な探偵さんを雇《やと》わなきゃならなくなったりして」

「笑えるね。お金貯めておかなきゃ」

探偵さんを雇うのは、高いっていうから。


タロウさんのいないからさんの家は、少し静かになる。

タロウさんがうるさいっていうわけじゃないけれど、タロウさんと柊也さんはいつも二人でどっちかの部屋で映画を観たり、ゲームをしたりしているし、タロウさんが半地下の部屋で何か作業をしているときには少し音も響《ひび》く。

だから、この家の夜にはほとんどいつもタロウさんの気配が流れていたんだ。

それがない日は、何となく静かに感じる。


〈詩とか、小説とかの文章を書くことは気がついたらしていたわね。絵は、子供なら誰も好きでしょう？ お絵描きはね。私も好きだったらしい。父がそういう人だったから、私の書くものや描いた絵に、何かを感じたのかしらね。私の部屋にはスケッチブックが山ほど積まれてたし、クレヨンや絵の具や、それこそ原稿用紙に鉛筆、万年筆まで、ありとあらゆる書くものと描くものが使い切れないぐらいにあったの。まだ家が裕福だったから揃《そろ》えられたのね。

他に、どれだけ集めたんだっていうぐらいの画集。当時はそんなものはまだ少なかったし、高価なのにね。

ただ、何かを観たり、何かを読んだりしたから描き始めたり、書き始めたって記憶はないの。本当に気がついたら書いていた。

幼い頃は、絵を描くより文章を書いていた方が多かったのかな。そう、絵じゃなかったの。絵は、むしろ大人というか、十代の終わり頃から描き始めたのかな。それまではほとんど文章を書いていた。

散文詩みたいなものね。物語ではなく、詩と呼んだ方がいいもの。スケッチブックを抱《かか》えて庭に座って、何かを書いていたらそれは絵だと思うだろうけど、私は詩を書いていたのよ。自分では詩だなんて思わずに。ただ、言葉を書いていたの。

それを、中学生ぐらいの女の子が書いていたそういうものを、家に集まってきていた創作家たちが目にして、褒《ほ》めてくれたのよね。

人に褒められるという経験をしたのは、それが最初だったのよきっと。それ以外の私という子供は、素直でもないし、良い子でもないし、こまっしゃくれた我儘《わがまま》な女の子だったと思うのよ〉

台所のテーブルで、からさんの話をどんどん打ち込んでいく。

この仕事をするようになってから、集中するっていうのはどういうことかを自分でわかるようになった。今までも、真剣に授業を聞いたり試験を受けていたときには集中していたと思うんだけど、特に意識はしていなかった。

ここに来て、からさんの自伝のライターとして仕事を始めてから、集中というのはこういうことなんだって意識することができた。集中していない、できないときには仕事は進まないものなんだってこともわかった。

新しいことをするっていうのは、新しいことを覚えるってこと。それが経験ってことで、積み重ねることで自分のスキルみたいなものが増えていく。学校を卒業して社会人になるっていうのは、そういうことなんだなぁって。暮らしの中の出来事っていうのは、人を成長させるものなんだって。だから、社会に出ろって大人は言うんだ。これから生きて行くために、学校から社会に出て成長していかなきゃならないから。成長できない生き物は、すぐに死んじゃうから。

からさんが、お風呂から上がって台所に入ってきた。そういうのも、もうお互いに何も意識しない自然なことになっている。

「すっかりここが仕事場になっちゃったわね」

「そうですね」

落ちつく。

「きっとわたし、台所の雰囲気が好きなんですね。いろんな道具が周《まわ》りに置いてある環境っていうのが。からさんの部屋も好きなんですよ」

「あら」

「だから、何にもない自分の部屋よりも集中できるんです」

うんうん、ってからさんが頷きながら、冷蔵庫から麦茶のポットを取り出して、コップに注《つ》いだ。

「わかるわ。いろんなものに、自分の好きなものに囲まれているのって、安心もするのよね」

「あぁ、そうかもしれません」

安心もするんだ。

「あれね、まひろちゃんの部屋にも、どんどん自分の好きなものが増えていって、落ちつく空間になればいいわね」

「そうですね」

そうしていこう。何か新しい目標とか新しい人生とかを見つけない限りは、長い間ここにいるんだから。

「あのね」

「はい」

からさんが、わたしの正面に座った。

「もしもね、まひろちゃんが本当の母親のことが知りたくなったり、知る必要ができたのならすぐに私に言ってね」

「え、どうしてですか」

からさんが、静かに小さく頷いた。

「私はあなたのお祖母《ばあ》ちゃんだから」

そうですね。

「たとえ戸籍上だけだとしても、祖母としては孫が幸せな人生を送っていくことを願うものよ。そして、幸せになろうとしているそのときにね、まったく行方《ゆくえ》の知れない実の母親の存在が、障害になってしまっては困るから」

障害に。わたしの知らない生みの母が。

「可能性はあるわけでしょう。そんなことになっていて欲しくないけれども、たとえば犯罪者になって刑務所に入っていたとか」

「あぁ」

確かに、可能性としてゼロではないけれども。

「それが、そういうことが、あなたの将来に影を落としても困るからね。はっきりさせたいときには、調べてほしいってきちんと伝えてあるから」

「誰にですか?」

「駿一《しゅんいち》にね」

刑事さんに。

「あなたの全権力を行使してでも調べてねって」

九　生きていくのに必要なこと

刑事さんの、駿一《しゅんいち》さんの全権力をもってわたしのお母さんを捜す。

「まぁそれは冗談だけれどもね」

からさんが笑った。

「一介《いっかい》の刑事に権力なんか何もないけれども、でもあなたのお母さんを、生みの母親が今どうしているかを捜すことぐらいは、普通の人よりもスムーズにはできるって言ってたわ」

「そうですよね」

わからないけど、刑事さんなんだからどうやれば調べられるかはわかっているんだろうな。

「この間来たときに頼んでおいたから、今頃はもう捜し当てているかもね」

「え、もうですか」

「デスクの上でできることぐらいはね。そのときが来るまでは向こうに接触したり何かを確かめたりはもちろんしないけれども」

からさんがちょっとだけ顔を顰《しか》めた。

「もしも、デスクの上で調べただけで、お亡くなりになっているのがわかったなら知らせてって言っておいた。でも、あれから何も言って来ないから」

「生きているんですね」

「それか、デスクの上で調べるだけでは見つかりようもなかったか。そのどちらかね」

そうですか、って頷《うなず》くしかなかった。

わたしの生みの親、量子《りょうこ》さん。

「実は、名字も知らないんですよね。旧姓というか、そういうのも」

からさんが眼を少し大きくさせた。

「知らないの?」

「小さい頃に聞いたような気もするんですけど、忘れちゃったみたいです。お母さんはきっと覚えているとは思うんですけど、今まで訊《き》く必要もなかったし、訊きたいとも思わなかったので」

まぁ、そうよね、ってからさんが頷く。

「あなたにとってはまったく知らない人なんだものね」

「そうなんです」

そもそも正式な継母《けいぼ》になったお母さんのお姉さん、神野《じんの》かえでさんすら写真でしか知らないのに、生まれてすぐにわたしと別れた生みの母の量子さんは、ただひたすら何にも知らない人でしかなくて。

わたしは、今のお母さんに育てられて毎日が楽しかったから、全然そういうものが必要じゃなかった。だから、知ろうとも思わなかった。

からさんが、少し首を傾《かし》げた。

「これは前から疑問に思っていた、ただの興味本位の質問だけれども、本当の祖父母の皆さんはどうしていたのかしらね。何か聞いているの？」

お祖父《じい》さんとお祖母《ばあ》さん。

「量子さんの方の祖父母は、量子さんと同じで、どこの誰かもまったくわからないです。岩崎亨《いわさきとおる》さんの方の祖父母は、お祖父さんはずっと早くに亡くなっていて、お祖母さんも再婚して少ししてから病気でお亡くなりになったそうです。それは、母も、ひろみさんも聞いていました」

なるほど、ってからさんが頷く。

「ひろみさんの、お母さんのご両親ももういないのよね」

「お祖母ちゃんは施設に入って、二年後に亡くなりました。わたしが中学校のときですね」

だから、わたしは、知っているお祖父さんお祖母さんは、継母になったかえでさんと妹のひろみさんのお母さん、その一人しかいない。

本当に、驚くほどに血縁がいないんだ。いるとしても、どこにいるのかさっぱりわからない。

「現実には、戸籍謄本《こせきとうほん》を取ってみればその辺はきちんと記載してあるはずだから、わかることだけれどもね」

それは知ってる。戸籍謄本はお母さんが持っている。

「本当に、それを知るのが必要なときには見るつもりですし、わからなかったら駿一さんにお願いします」

うん、ってからさんが頷く。

「そういえば、この間も、柊也《しゅうや》さんとそういう話をしたんですよね。タロウさんのギャラリーを二人で片づけているときに」

「あぁ、そうよね。柊也のお父さんもね。聞いていないから、どこの誰かもわからないって」

「そうなんです。それで、もしも二人が結婚とか、あ、わたしと柊也さんが結婚するって話じゃなくて」

「わかってるわよ」

笑った。

「もしもそれぞれが結婚するときに、お互いの相手がそういうのを気にするかもしれないだろうから、そうなったら調べなきゃねって。探偵とか雇《やと》わなきゃって冗談で話していました」

「うん、柊也のことも駿一に話してあるのよ。もしもそうなったら調べてって。もちろん、向こうのお母さんは知ってるとは思うんだけど、知らない場合もあるだろうから」

「でも、結婚なんてまだまだ先だろうし」

「それはそうね。別に柊也とそうなっても問題ないわよ」

それは、どうだろう。

笑ってしまった。柊也さんは確かにいい人だけれども。

「そんなことは、わたしは、しないかもしれないですし」

カレシもいないし。

「今まで付き合った人もいないし」

「いないの？」

いないんです。

「そもそもわたし、普通の人より、そういうのに興味が薄いみたいです」

「興味が薄い、というのは実感ってことかしら？　恋愛感情を持った、好きになった子がいないとか？」

「たぶんなんですけど」

こういう話を、静香《しずか》ちゃんや綾《あや》ちゃんとしたことがあるんだけど、どうしてもわからなかった。

「恋愛感情という感情が、よくわからないんですよね」

おや、って顔をしてからさんが少し身体《からだ》を引いてわたしを見た。

「つまり、友達と恋バナとかしても、自分の中にそういう感情が湧《わ》き上がったことがないからわからない、ってことかしら」

「そうですね」

好き、は、もちろんわかる。

静香ちゃんや綾ちゃんや、好きで気が合う友達はいる。きっとずっと一生友達でいられるんだろうなって思う。そして嫌いというか、どうしても気が合いそうもないって人も、実感としてわかる。

「でも、友達に彼がいるんですけど、その子は彼のことを考えるともう好きっていう感情が溢《あふ》れ出してしまって彼のこと以外は見えなくなっちゃうとか、いつも一緒にいたいとか、そういう〈ものすごく強い好き！〉っていう感情を持っているんですよね。でも、わたしはそんなのを誰かに持ったことは、一度もないんです」

それは単純に、まだ恋をしたことがない、ってことなのかもしれないけれども。

からさんは、二度軽く頷いた。

「あれね、まひろちゃんと私は似ているのかもね」

「そうなんですか？」

「たぶん。もちろん人なんかね、皆がそれぞれに違う生き物なんだからまるで同じということじゃないけれど」

ちょっとだけ、からさんは眼を伏せて何かを思うような表情をした。

「私は、一応結婚して子供も授かったのね」

「はい」

俳優の逢坂《おうさか》さんと。

生まれたのが、お継父《とう》さん。

「だから、愛し合って結婚した、という表現になるのだけれども、その〈愛し合った〉という言葉に百パーセント愛が詰まっていたのかと考えると、そうでもないのかなって感じちゃうの」

「百パーセント？」

「好きで好きでたまらない、っていう思いが愛の百パーセントだとすると、そのパーセンテージには人それぞれ違いがあると思うのよ。私の場合は、きっと七十パーセントぐらいだったと思うわ」

七十パーセント。

「七割の愛、ね。鯛焼きに頭から尻尾《しっぽ》の先まであんこがびっしり詰まっていたらそれは百パーセントの愛よ。私の愛は、尻尾にあんこが詰まっていない鯛焼きなの」

笑ってしまった。

「でもわたし、尻尾にあんこが入っていないのも好きです」

「そうよね、私もときどき思うわ。このあんこが詰まっていない尻尾のところが美味《おい》しいのよねって」

だからと言って、と、からさんは続けた。

「百パーセント詰まったあんこと、七十パーセントだけ詰まったあんこは、どちらも甘いあんこであることには変わりはないでしょう？」

「そうですね」

「興味が薄いって、さっきまひろちゃんは自分で言ったけれども、それはきっとまだあんこが詰まっていないだけかもしれないわ」

そうか。

「鯛焼きの形はできているから、好きって気持ちはわかるけれども、まだあんこの愛が詰まっていないんですね」

「そういうことかもね。何にしてもね、あれよまひろちゃん。男でも女でもいいけれどもね。今風の言葉で言えば、パートナーは選べるときが来たら、選んだ方がいいわ」

「パートナー」

うん、って大きく頷いた。

「自分と一緒に、つがいのようになってくれる人。つがいっていい言葉よね。いつも一緒にいるか、いなくてもずっと一緒だと、そう思ってくれる人のこと。その人がいるだけで、人生は倍ぐらい楽しくなるものだから。楽しくないより、楽しい方がずっといいでしょう」

「そうですね」

楽しくないより、楽しい方がいいに決まってる。それは、ゼッタイだ。

＊

お兄さんの家でしばらく暮らしていたタロウさんは一ヶ月ぐらいして、からさんの家に戻ってきた。

お兄さんの後遺症みたいなものはもうほぼなくなったって言っていた。もともと軽いもので、右腕が少し痺《しび》れたようになっていて不自由だった程度で、それもほぼ良くなったって。

本当に軽く済んで良かったたし、タロウさんもまた戻ってこられて良かったたって。これでももしもそのままお兄さんの家に戻るようなことになったら、創作の部分でいろいろとヤバかったかもしれないって。

六月に入って、また以前のように五人が揃って朝を迎えたその日に、北海道の旭川《あさひかわ》市に住んでいる柊也さんのお母さん、野洲実里《やすみのり》さんから荷物が届いた。

たくさんの、アスパラガス。

柊也さんが学校に行ってる時間に届いたし、からさん宛てでもあったので、LINEで確認してから荷物を開けたんだ。

「美味しそうです」

「露地物《ろじもの》の旬みたいね」

からさんも嬉《うれ》しそうに言った。

「いつも送られてくるのよ」

「アスパラガスですか？」

「旬のお野菜とかお米とかね。柊也宛てだけど我が家で使ってくださいって。そんなお気遣いは無用ですって何度も言ってるんだけどね」

一人暮らしをしている子供に親がいろんな食べ物を送るっていうのは、ドラマやなんかでも定番の、暮らしの中のイベントだと思う。お母さんも、いや正確にはお継父さんからなんだろうけど、札幌からいろんなものを送ってくる。お継父さんの場合は仕事がスーパーだからもう何でも手元に送れるものがあるんだろうし、わたしと同時にからさんにも送ってくることになるんだ。

「柊也さんのお母さんは。農家のお仕事もしてるんでしょうか」

「農家で収穫とかのお手伝いね。向こうでは出面さん、って言うらしいわよ」

「でめんさん？」

「方言というか、農家のお手伝いをすることを向こうでは昔からそんなふうに言うみたいね。まぁパートさんとかバイトさんって意味なのね。柊也の実家の周りは農家がたくさんあるらしいわよ。お米とかネギとかとうもろこしとか、本当にいろいろ」

農家でパートをやって、ついでに収穫されたものをお安く手に入れて、柊也さんが住んでいるからさんの家に送ってくるんだそうだ。息子がお家賃もほとんどなしで住まわせてもらっているんだからって。

「嬉しいですね。こういうものを貰《もら》うって」

「本当よね」

「タロウさんや柊也さんがここに住むときに、からさんお話とかしたんですか？　タロウさんのお兄さんや柊也さんのお母さんと」

そうね、ってアスパラガスを一本取って言った。

「タロウのお兄さんは家まで来たし、柊也のお母さんはね、さすがに来られなかったけれど電話ではお話ししたわ。もう三十過ぎのタロウはともかく、柊也も二十歳《はたち》過ぎの大人とはいえ学生ですからね。どうぞご心配なくって説明したわ。年寄りの道楽みたいなものですからって」

道楽。

「楽しいのよ私も。タロウと柊也が来てから生活が少し楽しくなったのね。もっと早く同居人を作っても良かったのかしらって思ったけれど、きっとタロウと柊也だから、楽しいのだと思うわ」

そう言って、あら、って感じで笑ってわたしを見た。

「もちろん、まひろちゃんが来てまた楽しさが倍増したわ。おもしろおかしいってことじゃなくて、毎日の張りみたいなものね」

「そうですね。わたしも思います」

きっとどこかのアパートで一人暮らしだったら、こんなにも毎日に、それこそ張りみたいなものを感じることはなかったと思う。

「前にも言ったと思うけれど、きっと気が合うのよ。祐子《ゆうこ》ちゃんはもちろん小さい頃から知っていて気が合うっていうのはわかっていたけれど、タロウと柊也とも気が合うし、まひろちゃんもそうでしょ？　気楽に話せるでしょう皆と」

「そうですね」

ほとんど最初の日から、何も構えないで話ができていたと思う。

「偶然にも、気が合う同士が集まったのね。そういう縁が巡ってくるというのを、大事にするといいのよ」

縁が巡ってくる。

「何でもそうだと思うわよ。人生なんて偶然の縁の繰り返しなのよ。縁が巡り巡っているものなの。その縁を、感じられるか、大切にできるかどうかでまた人生の巡りが変わってくるの」

じゃあ。

「今、楽しいと思っていることを、大切にした方がいいんですよね」

そうよ、ってからさんが大きく頷いた。

「大切にして、もしもその楽しいことは、自分でもっと上手《うま》くなれることならどんどんやった方がいいのよ」

午後に編集者の水島《みずしま》さんから、近くに行くのでちょっと寄らせていただきますって電話があった。まだからさんの自伝原稿をまとめるには早いけれども、今の段階でラフでもいいから上がっているものがあれば読ませてくださいって。

からさんに確認したら、いいですよって。好きなように過ごしていってって。でもきっと美味しいものを、たぶんスイーツとかを買ってきてくれるだろうから、皆でおやつにしましょうって。

「水島さん、いつも人数分買ってきますよね」

昼間はあまりいないタロウさんや柊也さんの分も買ってくる。いつも冷蔵庫に入れておくんだけど。

「ちょっと思ったんですけれど、水島さんはお仕事で来るんですから、あのおやつ代も経費ですか？」

「気遣いよね」

ちょっとからさんが笑った。

「そういうのに気がつくようになったら、もう一人前の社会人になってきた証拠ね」

「そうですか」

でも、確かに学生の頃にはそんなことまったく気にしなかったかも。

「ケースバイケースかしらね。水島さんがまったくの私用だと思っていたなら領収書を切らないだろうし、仕事の内だと判断したら切るだろうし」

あれよ、って言いながらからさんはくるり、って指を回した。

「マネージャーであるまひろちゃんはともかく、ただの居候《いそうろう》である三人にまでおやつを買ってくるのがどうして仕事の範疇《はんちゅう》なのかっていうのは、それも私という作家を動かすガソリンになっているからね」

「それ、と言うのは、祐子さんや柊也さんやタロウさんがいることで、からさんの創作意欲が湧いているってことですか？」

「そういうことね」

小さく頷きながらからさんが言う。

「それによって自分たちに利益になる作品が出来上がるんだから、お世話になっているんだから、差し入れのおやつ代も経費であると水島さんは判断するのね」

なるほど。

そういうことになるのか。

「そんな話をすると、作家の方たちへの差し入れが全部経費になっちゃうけれどね」

美味しそうなケーキを買ってきてくれた水島さんに、さっきからさんとした話をすると、小さく笑った。

「これは領収書を切ったけれど、この間買ってきた鯛焼きは私費です」

「そうなんですか？」

「鯛焼き屋さんで領収書を貰うのもなんだし、お安いものだし。まぁ昨今《さっこん》の出版不況を鑑《かんが》みて経費節減もずっと叫ばれていますから」

「その通りね。作家も編集者も、もちろん経営している人たちも大変よ」

からさんが、ケーキにフォークを入れながら言った。

「私たち作家はいい作品を作ることだけ考えていればいいけれども、経営者の皆さんは何百人やあるいは何千人という社員の生活がその肩にかかっているんだからね」

「戦いですからね。いろんな意味で」

戦いか。

「それぞれのね」

きっとわたしが戦いって言葉に反応したからだと思う。

水島さんは、そう言って続けた。

「戦いって言葉は強過ぎるだろうけれども、少なくとも私みたいな編集者という職業は結果を出さないと、ここでいう結果とは売れた本、ヒットする本を作るってことね。編集者だから」

そうか、ヒット作を出すことは編集者としては勝ったことにもなるんだ。

「もちろん、良《い》い本を出す、ってことは大前提《だいぜんてい》よ。売れなかったとしても良い本は確実に存在する。反対に大《たい》した本でなくても売れてしまうこともある。売れる売れないはギャンブルみたいなものでほとんど読めないものだけれど、良い本を作るってことは、ギャンブル抜きにしてできるものだから」

「だから、編集者としては、それが大前提なんですね」

そういうこと、ってわたしが持ってきた紅茶を飲みながら、水島さんは言う。

「その上で、売れる本を作ればOK。そうできなくても、きちんとした仕事をしていればいいのだけれど、ひょっとしたらそれではいつまで経《た》ってもヒラ社員のままで、給料も上がらないかもしれない。つまり、会社の中では負け組になってしまうってことになるかもしれない」

「負け組ですか」

「本人がそう思わなきゃいいだけの話かもしれないけれどね。それでも編集という仕事は続けられるんだけど、もしも、いつまでも結果を出さずにいたら、社内で整理されて下手《へた》してクビにでもなってしまったら、それは本当に負けという意味合いになってしまうから」

そうですよね。

水島さんはそうやって編集者としていろんな意味で戦ってきて、今の場所に立っている人なんだ。

「からさんも、戦ってきた人だから」

「戦ってきた？」

「今までの話とは違う意味での戦いね」

からさんが戦う。

「今で言う、バッシング、あ、炎上かな？　からさんが若い頃はSNSとかはなかったから、今とは雰囲気《ふんいき》は大分《だいぶ》違うけれども」

　バッシング。炎上。

　炎上はわかるけれども。

「バッシング、っていうのは、あれですよね。いろいろと悪い意味で叩かれるってことですよね」

「そう。いろいろとね。マスコミとか関係者とかファン擬《もど》きみたいな人たちに」

「そんなことがあったんですか？」

　からさんは、肩をひょいって竦《すく》めて苦笑《くしょう》してみせた。

「あったかしらね。いえ、あったんでしょうね」

「そんな他人事《ひとごと》みたいに」

　水島さんが笑って手をひらひらさせた。

「考えてみてまひろちゃん。からさんの若い頃、あんなに可愛《かわい》くてコケティッシュな若い女の子よ。スカウトされて海外で映画を撮るような女の子。それなのに、文才を発揮して詩集や小説を出して、しかもそれが話題になって売れてしまったのよ」

「あー」

　そうか、そういう方面か。

　だから、叩かれる。

「昔からそんなのはあったんですね」

「あったのよ。そして今もあるのよ。特に文学界なんかは、いえ、文学界だけじゃなくても、創作のシーンでもどこもそうなんだけど男社会だし、若くて可愛いだけの女が何をやってるんだって感じでね」

「可愛いだけって」

わかるけど、そんなふうに言う人がいるのは。

「特にからさんの初期の詩作なんかは、かなり過激というか異端というか、どういえばいいかな。そう、あくまでもたとえだけれど、演歌の歌詞の世界に、サザンオールスターズが突然『勝手にシンドバッド』で殴り込んできたようなものよ」

「サザン」

大好き。

「たとえが古いわよ水島さん」

「あ、でもわかります」

サザンオールスターズは、仲良しの皆が大好きだった。特に静香ちゃんはお父さんお母さんが大ファンで、小さい頃からコンサートとかに連れて行かれて、ファンになっていたから。

「あの歌詞は、スゴイって初めて聴《き》いたとき、小学生のときですけどわたしも思いました」

「思うもの？　小学生でも」

「思いました。何言ってるのか全然わからないけど、スゴイって。聴いた子は皆言ってたから、今の子でもそう思うんじゃないかな」

「サザンは偉大だわ」

水島さんがそう言って笑った。

そうか、からさんはサザンだったのか。

「今までの殻《から》を破って進んでいく人は、どんな時代でも打たれるものなのよ」

「出る杭《くい》は打たれる」

「その通りよ。からさんも、あんな女の本なんか出すなって、大御所が出版社に圧力をかけたりね」

「本当ですか？」

そんな、ドラマのようなことが。

「本当なのよ。今はもうその大御所の先生もお亡くなりになっているから堂々と言えるけれども、各出版社に伝わる有名な話」

「じゃあ、それで、からさんの本は出されなくなったんですか？　その出版社からは」

水島さんがニヤッと笑った。

「戦ったって言ったでしょ」

からさんは苦笑《にがわら》いしている。

「からさんはね、その話を聞いたのよ。本来は表に出るような話じゃないけれど、気骨《きこつ》のある、もしくは真っ当な編集者はどこにでもいるものよ。しっかりとからさんに真実を伝えたのね」

「まさか、水島さんも」

いえいえ、って手を振って笑った。

「もう五十年近くも前の話よ。その頃はまだ私は赤ちゃんよ。あくまでも、編集者になってから先輩に聞いた話です」

あ、そうですよね。からさんの若い頃の話ですよね。

「からさんはね、グラビアに出たのよ」

「グラビア？」

「雑誌の写真ね。今もアイドルとかが水着になったりしているでしょ」

「あ、それですね」

「セミヌードで出たの。当時としては、とんでもないぐらいの露出度のパンチの効《き》いた服とかで」

わぉ。

からさんは首を横に振って笑ってる。

「もちろん、それだけじゃないわよ。自分の詩をね、その写真と対になる作品として載せたの。つまり、自作の詩の世界を写真でも作ったわけね。今ならコラボとかジャンルミックスとか簡単に言われちゃうけれど、たぶん、日本であんなふうにしたのは、からさんが最初だと思う」

「スゴイですね！」

「本当に凄《すご》かったの」

うんうん、って何度も強く水島さんは頷く。

「その雑誌なんか、今までの記録を軽く塗り替えるような部数が売れてね。からさんの名前は一気に有名になったわ。そして今度はからさんはそのグラビアも使って、本も出したのよ。限定版として、物凄い豪華な作りにして、価格もそれに見合う値段にして」

「え、その本は」

からさんを見たら、唇を曲げた。

「あるけど、見せてあげない」

「からさんのいないときに、こっそり見るといいわ」

皆で笑った。

「とにかくそれで、大御所がかけた圧力なんか吹き飛んでしまったの。出版社は商売ですからね。売れる人の本を出さないなんてことはしたくないんだから」

「そんな大袈裟《おおげさ》なことじゃないのよ」

からさんは、ずっと苦笑いしている。

「私の本を出すなって言ったから怒ったのよ。決して女性への云々《うんぬん》とかそういうんじゃないわ。単純に、やられたからやりかえしたって話」

そう言って、今度はニヤリと笑った。

「あくまでも、手持ちの武器でね」

十　生きていくことの意味

手持ちの武器。

若い頃のからさんの武器は、言葉と、そして今で言う小悪魔的なあるいはコケティッシュさを醸《かも》し出す雰囲気《ふんいき》。

それで、戦った。

「芸術、創作なんて本来は戦うところじゃないのにね」

からさんが苦笑《にがわら》いする。

「でも、戦わないと負けちゃうときがあるのは、商業故《ゆえ》、ですね」

水島《みずしま》さんが頷《うなず》きながら言う。

「結局のところ商業出版は、売れるか売れないかで世に出るか出られないかが決まっちゃうのでしょうがないです。そこを割り切らないと創作を生業《なりわい》にはできないですからね。どうしても割り切れないなら、趣味にするしかない」

趣味。

「好きなことを好きなようにやるだけ、ですね」

言うと、そうね、ってからさんも頷いた。

「でも、結局作品を作るってことは、誰かに届いてほしいってことなのよね。それを本当にただの趣味にしてしまう人と、私たちのような商業の世界で生きていく人間は、どこか根本《こんぽん》で違うかなぁ。作品を作る人間ってところは同じなのだけど、違う」

「どこが違うんでしょうか」

訊《き》いたら、からさんは少し難しそうな顔をした。

「自己顕示欲《じこけんじよく》、承認欲求、ナルシスト、いろいろ表現の仕方はあるだろうけど、私は単純明快。労働よ」

「労働」

「自分の作品を作ることを労働にしたかった。つまり、それでお金を稼いでそれだけで暮らしたかった。作品を作ることを自分の仕事にして、その収入だけで暮らしたいって思った。ただそれだけ」

うん、単純明快だってわかった。

「自分の好きなことを商売にするってことですね。喫茶店が好きだから自分でお店をやりたいっていう人と、ただ毎日自分のためだけにコーヒーを淹《い》れるかの違いですね」

そういうことね、ってからさんが頷いて、続けた。

「芸術や創作とお金儲《もう》けを結びつけることをよしとしない感覚もあるでしょうけれど、それは違うのよ。お金儲けと、収入を得るための労働は違う」

「違いますか」

「お金儲けは文字通り贅沢《ぜいたく》をしたい欲よね。労働は〈生きる〉ことと同義。同じこと。作家として生きるってことは、作家として働くってこと。私は死ぬまで作家としてだけ働いて死んでいきたいから、創作をしている」

　生きるってことは、働くってことか。

「働くって漢字はよくわかるわよね。人が動く、それが働くってこと。寝る時以外は常に動いていないと、働いていないと人は死んじゃうのよ」

「そうですね」

　何かの魚と同じだ。泳いでいないと、死んじゃう。

「好きなことをたくさん増やしなさい、なんて、よく大人が子供に言うじゃない。好きなことと得意なことは違う場合がある、なんて話を前にしたけれどもね」

「聞きました」

　ここに来たときに聞いて、すごくしっくり来た言葉。好きだけれども得意じゃないってことは確かにあるし、そんなに好きでもないって感じるけれど意外と得意なものもあるかもしれない。

「でもね、好きこそものの上手なれ、って言葉があるように、やっぱり好きなことって一生懸命になれるからいろんな意味で上手になっていくのね。だから、わかっている大人は言うのよ。好きになれるものを、自分で動いて見つけなさい。一生懸命になりなさい。将来それで、見つけた好きなもので働いていけたのなら、それはものすごく幸福なことだから」

そうなんだろうと思う。

「タロウさんは、それを見つけられたんですね」

ずっと引きこもっていたけれど、今はアーティストとしてちゃんとお金を稼いで生活しているタロウさん。

「そうね。幸運にもね」

「運ですよね」

水島さんが言う。

「今までに話した小説家の皆さん、ほとんどの方が言ってます。小説家になれたのは、つまりそれで生きていけるようになったのは運が良かったからだって」

「そうなんですか?」

「たぶんね」

からさんも言う。

「それが何なのかは誰にもわからないだろうけど、才能はもちろん必要だし、努力も必要。でも、それと同じかそれ以上に、運がなければやっていけなかったのは、事実ね」

「からさんも、運が良かったんですか」

「いろいろとね」

微笑《ほほえ》んだ。

「自分の才能が運を呼ぶのか、運が良いから才能を持てたのか、努力したから運が巡ってきたのか。

それは誰にもわからないし、わかるものでもないと思うわ」

でも、ってからさんは少し微笑んだ。

「わからないからって、何かを諦《あきら》めたり、動かなくなったりする理由にはならないわ」

「そうですね」

生きることは、動くことか。

＊

梅雨も明けて夏の陽射《ひざ》しがどんどん強くなってきた。

レンガ造りのからさんの家の長所は、夏でもけっこう涼しいところなんだって。

レンガという素材は、夏は涼しくて冬は暖かいらしい。実際、からさんはこの家にずっと住んでいるけれど、エアコンを点けっ放しにしなきゃならないほどの日はそんなにもないんだって。

庭にある大きな柿の木や胡桃《くるみ》の木の木陰になるからっていうのもあるし、外壁は蔦《つた》がたくさんからまっている。それもまた涼しさの一因だって柊也《しゅうや》さんが言っていた。

タロウさんが使っている部屋は、元々は物置の用途で造られた部屋だし半地下なので窓がない。あるのは、地面すれすれのところにある細いガラスブロックの明かり取りだけ。昼の間もほの暗いんだけど、その時間に家にいることはほとんどないので明るくなくてもいい。

もしも自然光の下で作品の様子を見たいとかになっても、庭に通じている搬出口があるので持っていけばいいだけで、すごく便利。

何よりも、床がただの板張りだったのが良かったたって。その板も、普通の部屋の床材とかじゃなくて工事現場で足場に使うような何にも加工してないただの厚い板。物置だからってそうしたんだろうけど、タロウさんが扱う鉄の固まりみたいに重いものをうっかり落としたりしても、傷とかへこみとかを全然気にしなくていいからちょうどよかったんだって。

そんなふうに、タロウさんがアーティストとして住むのにすっごくちょうどよいところが、からさんの家にあったっていうのも、何というか、縁みたいなものなのかなって感じたってタロウさんは言ってた。

そして実は、その部屋は映画を観るのには最高なんだって。

四面壁だから、奥の一面には戸棚も本棚も何も置かないで、ペンキを塗り直して真っ白にして、スクリーン代わりにしている。

そこに、プロジェクターで映画なんかを映して、映画観賞している。

趣味みたいなものはないってタロウさんは言うけど、映画観賞は趣味だって言ってもいいと思うし、実際タロウさんはものすごい数の映画を観ている。びっくりするぐらいのＤＶＤも持っている。

作品が売れたお金のほとんどは、そういう映画とか小説とか物語に使っているんだ。ネットで映画を観られる動画配信サービスにも、タロウさんはほとんどのものに加入している。

タロウさんは毎日夜になると映画やドラマを観てるか本を読んでいるか、あるいはゲームをしているか。そこに柊也さんも一緒になって二人で過ごしていることがほとんどだったけど、わたしもそこに混ぜてもらうことが多くなった。

映画はもちろん大好きだったけれど、こんなにも毎日のように観ることができるようになるなんて思わなかった。

「まひろちゃんはさ」

名作だっていう〈ハリーとトント〉っていうのを三人で観て、エンドロールが始まったときにタロウさんが言った。

「はい？」

「物語とか、小説とか、そういうものを書こうとか思わないかな？」

「わたしがですか？」

物語？

小説？

「全然、思ったことないですけど」

一度もない。柊也さんもちょっと眼を大きくさせてなんで？　って顔をしてタロウさんを見ている。

「え、どうしてですか？」

訊いたら、うん、ってタロウさんが小さく頷いてから、何かを考えるようにちょっと眼を細めた。

「からさんが小説家でもあるから？　手伝いをしてるから？」

柊也さんがそう訊いたら、いや、って小さく言ってまた何かを思うような顔をして少し下を向いた。

「俺さ、文字っていうか、物語とか小説とか読むとそこに色を感じるって言ったじゃん？　共感覚みたいな感じでさ」

「はい」

言っていた。

からさんの詩を初めて読んだときには、色と言葉の洪水に身体中《からだじゅう》が満たされて、細胞が輝くみたいになったって。きっとそのときに自分の創作の根っこみたいなものが浮かび上がって来たんだとも言っていた。

その感覚は実感できないけれど、なんとなくだけど雰囲気はわかる。きっと音楽を聴いたときに何かの風景とか映像が自然と浮かんでくるのと、似ているんじゃないかって勝手に思ってるんだけど。

「まひろちゃんがさ、今書いている、からさんの自伝をさ、少し読ませてもらったじゃん。この間」

読んでいた。からさんが読ませてもいいわよって言ったので、タロウさんも柊也さんも読んでいた。

読みやすくて、すごく良《い》い文章だって二人とも褒《ほ》めてくれた。そして、からさんの声でちゃんと聞こえてくるって。

「あのときもさ、いやとにかく俺は文字を読めばそこから色を感じるんだけどさ、まひろちゃんの書いたものからはさ、すごく、何て言うか、俺の作るものと同じような色を感じたんだよね」

「同じような色？」

うん、って強くタロウさんが頷《うなず》いた。

「たぶん、俺が感じている色って、皆が見ている色とは少し違うと思うんだ。や、そもそも色の感じ方って人それぞれ少しずつ違うって話なんだけどね」

「そうみたいだね」

柊也さんも頷いた。

「それは、僕たちの建築の方でも話題になる」

「あ、それは建物の色合いとか」

「そうそう、建材の色とか、あるいは自然の色合いね。建築物と周囲の自然物の調和とかそういうのは色合いが重要になってくるから、僕たちはそういうのも学ぶ」

なるほどって思ってしまった。建築に色も重要な要素になるっていうのは、普段全然感じていなかった。

「だから、俺が言葉を読んでそこから感じる色っていうのを説明するのはすっげぇ難しいんだけどさ。とにかくまひろちゃんの書いた文章、言葉、そういうものから俺が感じた色はものすごく俺の作品と重《かさ》なるんだ。すっごく良いんだ」

「そうですか」

良いって言われると、なんか嬉しい。

「でも、それはからさんが喋《しゃべ》っている内容とかじゃなくて？　わたしが書いているのはほとんどからさんが喋っている言葉そのままだけど」

「でも、読みやすいようにまひろちゃんが書き直しているんだろう？　からさんの言葉を」

「そう」

「どれぐらいの割り合い？」

柊也さんが訊いてきた。

「割り合いっていうのは、この間僕たちが読んだのはたぶん冒頭の十ページぐらいだろうけど」

「そうですね」

大体それぐらい。

「その十ページの文章の中で、まひろちゃんが読みやすいように少しでも変えた文章っていうのは」

うーん、って唸《うな》ってしまった。

「そんなの意識して確認していないですけど」

でも、何となくはわかる。

自分で書いた文章は全部覚えているし、からさんが話した内容もほとんど覚えている。

「たぶん、全体の三割ぐらいにはなると思います。話している内容は百パーセントからさんの話したことそのままですけれど、わかりやすいように表現を少し変えたり、リズムが良くなるように言葉を言い換えたりしているので」

「それがまひろちゃんの言葉になっているんだと思うんだよ俺は」

言いながら、うん、って大きく頷く。

「だから、からさんの自伝じゃなくて、まひろちゃんが自分の言葉で書いたものを読んでみたいって思ったんだよね」

「わたしの、言葉」

からさんの言葉じゃなくて、わたしの文章。

「別に物語じゃなくてもいいと思うんだ。まひろちゃんが書いている毎日の日記でもいいけれど、もっとまひろちゃんの色が出てくるもの。そういう文章」

「あれじゃない？」

柊也さんがくるっと右手の人差し指を回した。

「エッセイとかコラムとかじゃなくてさ。タロウの作ったオブジェを見て、まひろちゃんが感じたものを文章にしてもらうってのは？」

「それでいい！　いや、それがいい！」

タロウさんが、手をパン！　って打った。

「俺はさ、それを読んでさ、溢《あふ》れてきた色をベースにしてまた新しくそこに色を付けたいんだ」

「色を付けるって、その作った作品にですか？」

そうそう、ってタロウさんが頷く。

「色を重ねるんだ。俺の作品に、まひろちゃんが感じてくれた言葉の色をさ。最終的にどんなふうになるのかは、まぁやってみなきゃわからないんだけどさ」

「わからないっていうのは」

「色を付けるんだから、どんな塗料やあるいは染料や、ひょっとしたら布とか紙とかとにかく俺がまひろちゃんの言葉から感じた色を表現するんだ。きっと新しいものになると思うんだよね」

「コラボレーション、ってことかな？」

柊也さんが言うと、タロウさんが大きく頷いた。

「タロウのオブジェと、まひろちゃんの言葉のコラボ」

「そんな感じ」

オブジェと言葉のコラボ。

しかもそれは色という形で。

「もちろん色だけじゃなくてさ。まひろちゃんが書いた文章もどうやればそこにきっちり重ねられるかは考えてみる」

「たとえば、簡単に考えると鉄板に刻印してみるとか？」

「いろいろ方法はあるさ。それも、俺が感じたときに考えてみる。単にペンキで書けばいいだけかもしれないし、ステンシルかもしれないし、鉄板なら被膜《ひまく》を作ってみるとかとにかくいろんな方法がある」

「感じたときに、決めるってことですね」

「そういうこと」

作品を作るんだから、感じたときじゃなきゃ何も決められないんだ。とにかく、わたしの言葉から感じるものを作品に重ねたい。

インスピレーションの元にしたいってことなんだろう。

タロウさんの眼がきらきらしている。

創作をしているときの、アーティストの顔だ。タロウさんが作品を作っているときや、からさんが詩作や絵を描いているとき。同じ眼や顔をしている。創作意欲ってものが身体の中を駆け巡っている状態なんだと思う。

「それ、からさんの詩とかじゃ、ダメなんですか？　たくさんあるのに」

いやいやいや、って言いながらタロウさんは手をひらひらさせた。

「そんな恐れ多いというか、ダメってことじゃないんだけどさ。実際、からさんの詩から感じた色を使った作品もあるんだけどさ」

「あるんですね？」

「正式にお願いしたものじゃなく、まぁあれだよ。言葉にしていないけれどオマージュっていうか、そんな感じのものはね。それはもうからさんに言ってあるしさ。そもそも俺の作品で色を付けたものって、大体が何かから感じた色を重ねたものだからさ。それ全部オマージュみたいなもので」

柊也さんとわたしを交互に見た。

「こうやって三人で話しているときにふと浮かんできた色みたいなものを使ったこともあるしね。もう俺の感じるもの全部が作品になっていく」

やっぱり、同じことを言う。アーティストは皆そうなんだ。

生きること全部が、自分の作品の血肉《ちにく》になっていくんだ。

「そして、まひろちゃんの書いた文章にマジで同じようなものを感じちゃったんだよね。そうしたら、もう単純に俺の作品にこのまひろちゃんの言葉の色を重ねたい！　って、どうしようもなく思っちゃってさ」

「それで、物語でも何でもいいんだけど、まひろちゃんの本当のオリジナルな文章が読んでみたいって思ったのか」

「そういうこと」

わたしのオリジナルな文章。

「物語とか、詩とか、感想文とか？　何でもいいってことですか」

「そう。俺の作品を見て、感じたり考えたりしたことを、そのまま文章にするっていうのは、どうだろう？　やってみてもらえないかなーって」

ふぅむ、って心の中で唸《うな》ってしまった。

作品を見て、何かを感じるっていうのはよくあることだと思うから、そこは不安じゃないけれども。

それをきちんと文章にするというのは、もちろんやったことなんかないと思う。読書感想文ぐらいなら書いたことはあるけれども。

「なんか、すごく責任重大というか」

「いやいやいや！　そんなふうに思わないで！　本当に、ただ素直に何も考えないで書いてくれていいんだ。それでさ、ギャラだけどさ」

「ギャラって」

いやいやいや、ってまたタロウさんは繰り返した。

「それは、大事なこと。ボランティアをやってくれっていうんじゃないんだ。まひろちゃんはもうライターとして仕事をしてるんだからさ。ギャランティの話は大事なこと」

「そうだよ」

柊也さんも言う。

「僕だって、ここの家の修理なんかはボランティアじゃない。ちゃんと家賃と相殺《そうさい》って形でお金を貰《もら》っているのと同じなんだから」

確かに、そうだけど。

「でも、まだどんなふうになるのかもわからないうちからお金の話なんて」

「だからさ」

タロウさんが、言う。

「まずは、できるかどうか、今鉄工所に置いてある俺の作品を全部見てみてよ。大きいやつね。そしてさ、何かを感じて言葉にできそうなものがあったら、やってみるってことで。ちょっと無理そうだったら止《や》めていいから」

「止めてもいいんですね」

「もちろんさ、無理やりにやるもんじゃないんだから。そしてさ、初回はさ、まひろちゃんの文章ができあがって、俺の色付けが上手《うま》くいって、その作品が売れたら初めてギャランティが発生するってことでどう？　売値の二割」

二割。

「もしも十万円で売れたら二万円ってことね。で、二回目があったとしたら、そのときからきっちり最初から原稿料ってことで支払いをするってのはどう？」

なるほど。

「最初は、お試しってことで、友人の頼み感覚でやってみるってことですね？　上手く行ったら次からはプロとしてのお仕事ってことで」

「そういうことです」

いいんじゃない？　って柊也さんが笑顔を見せた。

「本当にどうなるかわからないんだから、最初は遊び感覚でさ。それに、やってみたいって顔をしてるよ」

「そうですか？」

そうかもしれない。おもしろそうって思ってる。

「やってみますね」

「よしっ！」

わたしだけの、文章。言葉。

それを紡いでみるのか。

*

今日は暑いんじゃない？　って思いながら起きた朝。

起きたときからもう暑くて、これは今日はクーラー日だねって。からさんが使う言葉らしい。

今日はクーラー日ねって。

祐子《ゆうこ》さんが、からさんはもう老人で暑いとか寒いとかを少し感じにくくなっているかもしれないから、気をつけてあげてねって言っていた。基本的にからさんは、自然なままを好《この》む人だから、暑くても窓を開けるだけですませてしまうこともあるからって。そして、からさんがクーラー日ねって言う日は、相当に暑くてヤバい日だからって。

「うん、きっとクーラー日だ」

顔を洗って、口をすすいで台所へ。歯をきちんと磨《みが》くのは朝ご飯を食べてから。

今日はスクランブルエッグにしようって、冷蔵庫から卵を出してボウルで混ぜているときに、LINEが来た。

「誰だ？」

こんな朝早くからLINEをしてくる友達はあまりいない。そもそもLINEで繋《つな》がってる友達も少ないんだけど。エプロンのポケットからスマホを取り出す。

「ん？」

静香《しずか》ちゃんからLINE。

【まひろのことを訊きに来た変な男がいたの】

変な男？

え？

【誰？　って、訊きに来たって静香ちゃんのところに？】

【後で電話できる？】

【朝ご飯終わった頃なら。静香ちゃん大学でしょ？】

【もう出るの。お昼過ぎなら私はできる】

【じゃあ、二時ぐらい？】

【うん。電話する】

【ありがと】

変な男。

わたしのことを訊きに来た？　全然わからない。どうして静香ちゃんのところにわたしのことを訊きに行くんだろう。

「何かあった？」

からさんの声。画面に集中していたから、気づかなかった。

「あ、おはようございます」

「おはよう。誰かから緊急の連絡？」

からさんが心配そうな顔をした。

「いや、よくわかんないんですけど」

卵を割ったままだった。

「友達から、LINEが来て、変な男が来たって」

「変な男？」


今日はからさんと柊也さんと三人で朝ご飯。

本当に決まっていないけれど、一週間の三日ぐらいはからさんと二人きりだ。柊也さんがいちばん多く朝ご飯に起きてきて、週に二、三日は一緒に食べる。タロウさんと祐子さんは、週に一回か多くて二回ぐらい。

「気になるね」

柊也さんも、わたしに来たLINEの話を聞いて、スクランブルエッグにマヨネーズをかけながら言った。

「静香ちゃんって、いつも話していたいちばん仲の良い友達よね？」

「そうです」

「小学校から一緒だったんだよね？」

「ずっとです」

小中高とずっと一緒だった静香ちゃん。

「わたしのことは、全部知ってます」

生い立ちも、何もかも。

からさんが、トーストの耳を千切って、牛乳に少しひたして口にする。

「緊急ではなさそうよね。後で電話するってことは」

「そうですね」

緊急ならすぐに電話くれるだろうし。

「家族の関係かな」

柊也さんが言って、からさんも頷いた。

「そうじゃないかしらね」

「家族って」

ひょっとして。

「わたしの、生みの母親のことですかね」

「それしかないでしょうね。男っていうのがナンパ目的みたいな若い男だったら、こういう言い方はしないでしょう？　静香ちゃんはきっと」

「そうですね」

「だからきっと大人の男よね。大人の男性にそんなに知り合いはいないでしょう？　まひろちゃん」

「いません」

学校の先生と、お継父《とう》さんと。

「本当にそれぐらいです」

「だから、まひろちゃんにまったく関係のない大人の男の人で、訊きに来たってことは」

「探偵ですかね」

柊也さんが言った。

「まひろちゃんの消息を調べに来たってことじゃないですか？　その生みの母親絡みで」

探偵。そんな話を前に柊也さんとしたけれど。

「探偵じゃないかもしれないわね。素人かも」

からさんが言う。

「どうしてですか？」

「探偵なら、身元調査はお手の物よ。まひろちゃんの消息を調べるのに同級生のところになんか行かないわ。戸籍調査をすれば一発でわかる」

「でも戸籍って、関係者以外には見せないですよね」

「そこは、蛇《じゃ》の道はヘビよ。いくらでも方法はあるの。前に駿一《しゅんいち》にも訊いたことあるけれど、意外と簡単に、簡単って言っても基本的には犯罪に近くなるから積極的にやろうとする人はいないけれど、戸籍は見られるのよ」

「そうなんですか」

ちょっとコワイ。

「だから、探偵じゃなくて、普通の人。戸籍を辿《たど》ることができないから、遠回しに何らかのきっかけでまひろちゃんの同級生を捜し当てたんじゃないかしら」

「それで、わたしのことを訊きに来た」

「どういう理由でかは、わからないけれども」

からさんが少し顔を顰《しか》めた。

「もしも、この推測が当たっていて、まひろちゃんの生みの母親の関係者がまひろちゃんを捜しているのなら、お金か、命ね」

お金か、命？

「金銭トラブルか、あるいは」

「生みのお母さんが、亡くなったか、ですか」

こくん、ってからさんが頷く。

「あるいは、危ないか、ね。静香ちゃんから電話があって詳しいことがわかったらすぐに教えてね。駿一に頼めることがあったら頼むから」

十一　家族って繋がっているもの

お昼ご飯は、野菜の余っていたところをたくさん入れた野菜スープと、ホットサンド。ホットサンドは挟《はさ》む物次第でものすごくお腹いっぱいにも、軽くにもできるからとても便利で、からさんは好きなんだって。

わたしは、ここに来て初めてホットサンドを自分で作って、しかも初めて食べた。からさんは「あらそう？」って少し驚いていたけれど、ホットサンドってそんなに食べないですよって。少なくともわたしは友達からも、ホットサンドを食べたって話を聞いたこともなかった。

「もちろん、知ってましたけどね」

「それはそうよね」

知っていても、実は知らないことが世の中にはたくさんある。ホットサンドがこんなにも美味《おい》しい食べ物だったんだってことに、実はわたしは感動していて、ちょっと飽《あ》きるまでホットサンドを食べ続けようって思ってる。

「本当に挟む物次第で、全然変わっちゃうのよね。そもそもパンとかご飯とかってそうでしょう？

白いご飯なんて美味しいお漬物があったらそれで何杯も食べられちゃう」

「今は無理でしょうからさん」

「若い頃の話よ」

健啖家《けんたんか》、って言葉があるって教えてもらった。何でもよく食べる人のことだそうだけど。

「美味しそうに食べるって意味を加えてね」

「美味しそうに何でもたくさん食べる人」

「そう、テレビに出ている大食いの人にいるわよね。本当に美味しそうにたくさんどんどん食べて、食べ方も綺麗《きれい》で、しかも見ているこっちも楽しくなってきちゃう人」

「いますね」

同じ大食いの人でも、あんまり見たくない人もいる。食べ方があまりキレイじゃない人は、見ているのが辛《つら》い。イヤになる。

「でも、食べ方がキレイってどうすればいいんですかね」

「そうねぇ」

うーん、って少し考えて、からさんはスープを飲む。からさんの食べ方はすごくキレイだと思う。でも、どこがどうキレイなのかを説明しろと言われると、難しいかもしれない。

「マナーとか所作《しょさ》とか仕草《しぐさ》とか、まぁいろいろあるだろうし見ている人の感覚の違いもあるから、一概《いちがい》には言えないでしょうけどね。基本は、喉《のど》だと私は思うわ」

「喉？」

喉、って言ってからさんは自分の手のひらで喉をすっ、と撫《な》でた。

「食べるときに、喉を真っ直ぐにしているの。それはつまり姿勢がいいってことよね。そして一緒に食べる相手に常に正対してることになるの」

「なるほど」

「前かがみになったり、お椀《わん》を口元に持っていったときにも口を持っていくんじゃなくてちゃんとお椀を持っていく。常に喉を真っ直ぐにしていればそうなるのよ」

してみた。

スープボウルを持って、ちゃんとボウルを持っていく。

「そうそう。そうすると喉が私に見える。喉ってセクシーなのよ」

「セクシー」

「吸血鬼は喉に噛《か》みつくって設定は実に的《まと》を射《い》ていると思うわ。人間は本能的に美しいものを求めるの。ご飯を食べているときの喉ってセクシーなのよ。ご飯よりもそっちを食べたいとか思っちゃったり」

思うかなぁ。でも、言ってることはわかる。

「食べているときに相手が美しいと思える姿勢をするってことですよね」

「そういうことね。自然にできる人もいれば、できない人もいる。でも簡単よ。きちんと椅子に座るだけで普通には背筋が伸びるの。そのままきちんと食べていれば、美しく見えるようになるわ」

本当にちょっとしたことなんだ。

何でもきちんとしていれば、そういうふうに見られる。そういうふうに見られると、自然と暮らし方もちゃんとしていく。

からさんが壁の時計を見た。

「今日は、午後から買い物に行くとかないわよね」

「ないです」

「差し迫《せま》った原稿もないし。二時ぐらいよね？　静香《しずか》ちゃんから電話が来るの」

「そう言ってました」

うん、って頷きながらからさんが少し顔を顰《しか》めた。

「気になるから、教えてね。何があったのか」

「はい」

「状況によっては、すぐに駿一に電話するから」

わたしもすごく気になっていた。

なので、お昼ご飯の洗い物を済ませたらそのままお風呂の掃除を始めてしまった。からさんの自伝の原稿書きには集中できそうもないから。

お掃除だったら、やってるうちに自然に集中できる。気になることがあるときには、頭を使うことよりも、身体《からだ》を使うことの方がいいんだ。

きっとお掃除って結果がすぐに眼に見えるからいいんだと思う。やればやるほどきれいになっていくのがわかる。達成感がリアルタイムである。

そういうのって、楽しい。

お買い物も、予算を決めてした方が楽しくなるのもそうだ。何でも好きな物を好きなだけ買うっていうのは、したことはないけれどもきっと達成感はないんじゃないかなって思う。

限られた予算内でどれだけいいお買い物ができるか、どれだけの食材を用意できるかを考えて、ものすごく上手く行くとすごく嬉しい。

「よし」

一時半を過ぎて、そろそろ自分の部屋に戻って電話が来るのを待っていようと思って階段を上がっていたら、iPhone が鳴った。

「もしもし」

（まひろ?）

「ちょっと待って」

ちょうど部屋のドアのところ。開《あ》けて、中に入る。椅子に座りながら、スピーカーにして机の上に置いた。電話を耳に当てていると私はすぐに耳が痛くなってしまうから、できるときはこうしている。

（大丈夫？）

「うん、今自分の部屋。静香ちゃん元気？」

声を聞くのは久しぶりだ。LINEでは何度もやりとりしているけれど。

（元気。まひろも元気そう。声が元気っぽい）

「元気だよ。ひょっとしたら太っちゃったかも」

（えー、なんで）

「毎日規則正しくたくさん食べてるから。すごく動いているから、毎日のご飯が美味しいんだ」

（自分で作ってるのに？　でもまひろは少し太った方がいいんだよ。やせ過ぎだったんだから）

「どうかな、少し気をつけようって思ってるんだけど」

（でね）

「うん」

（昨日ね、佐藤俊美《さとうとしみ》ちゃんから電話があったの。覚えてるでしょ？）

佐藤俊美ちゃん。

名前に覚えはある。

「中学のときの？」

（そうそう、一年生のとき同じクラスだった）

「うん」

覚えてる。いや、思い出した。そんなに話したことはなかったけれど、ふにゃっとしたとても優しそうな顔をした女の子。

「バレー部だったよね。背が高くて」

（そう。で、俊美ちゃんがお父さんに、お前は神野《じんの》まひろちゃんと同じクラスだったよなっていきなり訊かれたんだって）

お父さん？

「うん」

（そうだよって言ったら、まひろちゃんは今どこにいるのか知ってるかって）

「え、なんで」

佐藤俊美ちゃんのお父さんがどうしてわたしを。

（俊美ちゃんは、まひろと全然付き合いがなくて知らなかったから、どうして？　って訊いたら、お父さんがまひろちゃんのご両親は亡くなっているけど、育てのお母さんはいるんだよな？　っていきなり言ってきたって。そんな話は俊美ちゃんもすっかり忘れてて、そういえばそうだったなって）

「うん」

隠してはいなかった。

そういう話が出たときには、全部説明するのはややこしいのでシンプルに今のお母さんは叔母さんで、親は二人とも死んじゃったんだって話していた。

(そうしたら、あたりまえだけど変な話じゃなくて、まひろちゃんのことを身内の人が捜しているんだって。その人は、俊美ちゃんのお父さんの知り合いなんだって)

「え？　え？　どういうこと？」

俊美ちゃんのお父さんの知り合いが、わたしを捜している？

身内の人？

(俊美ちゃんもわかんないんだ。でも、俊美ちゃんのお父さんは別に怪《あや》しい仕事をしている人じゃないし、区役所の人なんだよ)

「あ、そうだったんだ」

そもそも親しくなかったから、お父さんの職業も全然知らないのだけれども。

(娘の同級生を変な目的で捜したりしないって。まぁそれはそうだよなって俊美ちゃんも納得して、でも、まひろちゃんがどこでどうしているかは全然わからないから)

「あ、静香ちゃんだったら知ってるかもって？」

(そうそう。私は同じバレー部だったからね)

「それで、静香ちゃんのところに？」

(うん、連絡が来たんだ)

「俊美ちゃんのお父さんから？」

（や、俊美ちゃんから。すっごく久しぶりだったけど）

「わたしを捜してるって？」

（その前にね、お父さんにこんなふうに訊かれたから、私の名前を出したんだけど、変なことじゃないと思うんだけどゴメンねって）

「そうか」

別に俊美ちゃんが悪いわけじゃないし、何か悪いことが起きるわけでもないだろうとは思うけど。


「それで？」

三時を過ぎていたので、おやつに買っておいたシュークリームをからさんと一緒に食べながら、静香ちゃんとの電話について話した。久しぶりだったから一時間近くも関係ない話をしていたんだけど。

からさんは、わたしが全然部屋から出てこないから、ちょっとやきもきして台所で待っていたんだって。申し訳なかったって思ってしまった。

「静香ちゃんのところに男の人が来たの？」

「そうなんです」

俊美ちゃんとの電話がそれで終わって、その後にすぐ大学に男の人が来たんだって。

「大学に？」

「はい」

「電話とかじゃなくて？」

「大学に来たそうです」

静香ちゃんも、てっきり電話でも掛かってくるのかと思っていたそうだ。掛かってきたら、きちんと事情を訊こうと思っていたって。

身内ってことだったけど、わたしの身内のことは全部静香ちゃんは知っている。そんなふうに捜してくる身内なんて、それこそ生みの母親しかいないはずだってすぐに思ったって。

どうしてそんなふうに遠回しで捜しているのかってものすごく疑問に思ったから。

「静香ちゃんも、きちんとした子なのね」

「そうなんです。成績が学年トップだったんですよ。頭が良いんです」

「類は友を呼ぶね。さすがまひろちゃんの親友だわ」

「いや、わたしはそんなにも成績は良くなかったんですけど」

頭の良さと学校の勉強の成績は別よってからさんが言う。

「もちろん比例するものでもあるけれど、そもそもの頭の良さはまるで別のもの。良い意味でも悪い意味でもね」

「悪い意味でもですか」

そうね、ってからさんは顔を顰めた。

「悲しいことに、頭の良さを悪い方向で使う連中も多いからね。詐欺師とか、もしくはあくどいことで金を稼《かせ》ごうとする人たちなんかは、基本的に地頭《じあたま》が良い人が多いのよ」

「バカな人は悪いこともできないってことですね」

「そうなの。悲しい現実だけど。それで?」

大学で、講義が終わった後に事務員さんが待っていた。お客さんが来ているから、学長室の隣の応接室まで来て欲しいって。

「学長室?」

「お知り合いだったみたいです」

その男の人が。名前は。

「〈黒田晋《くろだすすむ》〉さんだそうです」

黒田晋、って、からさんが小声で繰り返した。

「知らない人なんでしょう?」

「知りません」

聞いたこともない名前。

「その人は、静香ちゃんの大学の学長さんともお知り合いだった。そしてその人が、まひろちゃんを捜していた?」

「そうです」

黒田さんは名乗って、わたしの身内の関係者だって言った。そして、身内が会いたがっているのでわたしを捜している。どこにいるか知っていたら教えてほしいって。

「静香ちゃん、思ったそうです。大学の学長とまで知り合いの人なら、善人でも悪人でもどっちにしても偉い人だろうって。それなら、こっちも真正面からぶつかった方がいいだろうって。偉い人がこんなところで騒ぎを起こすはずもないだろうからって」

「正しいわ。静香ちゃんと友達になりたくなっちゃった。今度連れてきて。うちで一緒にご飯食べましょう」

「そうします。静香ちゃん、からさんの本を読んでいます」

好きだって言っていたからきっと喜ぶと思う。

「それで、訊いたそうです。『まひろの身内というのは、今の母親以外では生みの母親しかいません。あなたは、その生みの母親の関係者なのですか?』って」

黒田さんは、頷いたそうだ。

「間違いありません。まひろさんを産んだ女性、旧姓西野《にし》量子《のりょうこ》の関係者なのですって」

「西野量子さん。西野さんが、まひろちゃんの生みの母の旧姓なのね?」

「そうなんでしょうか」

わたしは知らないから何とも言えないんだけど。

「後で、お母さんに確認します」

「そうね」

静香ちゃんも、わたしの生みの母が量子という名前だっていうのは知っていたので、あ、これは本物だってすぐにわかった。

それなら、こんな回りくどいことをして詐欺とかそんなのをするはずもないし、本当に自分の伝手《つて》というか、周《まわ》りからわたしの行く先を調べているんだなって静香ちゃんは思った。

「それで、黒田さんに伝えたそうです。このことを、わたしに伝えますって。そして、生みの母親の関係者にわたしが会いたいかどうかを確認させてくださいって。それでわたしがＯＫを出したら、連絡先を教えますって。もしも会いたくもないって言ったら、ごめんなさいって」

「うん」

そうね、ってからさんも頷く。

「本当にしっかりした子ね静香ちゃん。会わないうちから大好きになっちゃった」

そうなんです。とてもしっかりした女の子なんです。

「でも、黒田さんが言ったんですって。それはありがたいですが、どうしてもお会いして話したいこともあるのだって。決してわたしには迷惑を掛けないし、そもそも捜すのにも細心《さいしん》の注意を払って、迷惑がかからないように信頼できる人間だけを頼って捜してきたんだって
探偵を使えば簡単だったろうって。

でも、探偵を使うと、知らない人に〈まひろ〉という女の子は探偵が行方《ゆくえ》を捜すような女の子なんだって思われてしまう。それが知らないうちに迷惑をかける結果になるかもしれない。

少なくとも、黒田さんが声をかけた人間がわたしのことを変なふうに解釈したり、悪いように言い触らすようなことは絶対にないって。

「確かにそうなのかもね。同級生のしっかりしたお父さんに、学長さん？」

「そうですね」

「でも、その黒田さん、かなり顔の広い方ね。もしくは、そういうご職業」

「そうなるんでしょうか」

職業までは静香ちゃんも聞いていない。

「そういうので、静香ちゃん、わたしの電話番号だけ教えていいかって。直接黒田さんと話した方がいいんじゃないかって」

「そういうことだったのね」

「なので、教えていいって言いました。すぐにLINEが入って、黒田さん、この後すぐに電話をくれるそうです」

＊

朝起きたら、小雨《こさめ》が降っていた。天気予報ではこの後雨は上がって、黒田さんが来る午前十時頃には晴れるはず。

黒田さんの話をすると、男性が来るのだったら男がいた方がいいだろうって皆が言い出した。何も危ないことはないと思うし、仮にあったとしてもうちにいる男二人はそんなに役にも立たないだろうけど、それでも男には違いないからってからさんが。

柊也《しゅうや》さんは、講義は午後から出ればいいので同席できるって。

タロウさんももちろん出るって言ったんだけど、からさんが、中身はともかくタロウさんの見た目は丸刈りで一見危なそうなのでやめておきなさいって。余計にこんがらがったら困るからって。

その代わりに廊下で控えていなさいって。

からさんはもちろん祖母として、祐子さんもしっかり起きて一緒に話を聞くって。

この家に来てから初めて朝ご飯を全員で食べた後に、おやつに買っておいた羊羹《ようかん》と、美味しい日本茶も用意して、黒田さんを待った。

「ごめんください」

とても低くて渋い声で玄関を開けて入ってきた黒田さんは、ある意味ではタロウさん以上に一見《いっけん》危なそうだった。

まるで、プロレスラーみたいに大きくて、ごつい人だった。

頭も、完全に毛がなかった。

タロウさんは坊主頭だけど、黒田さんはほぼ光頭。つるつる。この頭は威圧的《いあってき》で申し訳ありませんって最初に言った。趣味ではなく、病《やま》い故《ゆえ》なんだって。そういう病気があるのは知ってるけれど、本当にきれいなツルツル頭。

それで、病いではあるけれど、どうせならときちんと手入れをしているんだって。だからこんなにツルツルなんですよって笑うその笑顔は、少し可愛《かわい》らしかった。きっと、眼のせいだ。

ごつい身体と、いかつい顔に似合わないつぶらな瞳。

「黒田晋と申します」

名刺を、きちんと出して、わたしにくれた。それから、からさんにも。名刺には株式会社黒田建設という名前があって、黒田さんは代表取締役。

つまり、社長さんだった。

「御社のお名前、伺《うかが》ったことがございますよ。こちらの住所は東京ですが、確か横浜の方で創業ではありませんでしたか？」

からさんが言うと、黒田さんは眼を少し大きくして微笑《ほほえ》んだ。

「その通りです。よくご存じで」

「横浜の同業者のようなのに知人がいましてね。ツカハラ建機と言うんですが」

黒田さんが、大きく頷いた。

「存じ上げております。そうでしたか、塚原さんのお知り合いでしたか」

そう言って、まずは、って頭を下げた。

「まひろさんを捜すためにあちこちに声を掛けてしまいました。結果としていろいろお騒がせする形になり、申し訳ありません」

黒田さんは、表情豊かな人だ。本当に見かけはごつくて恐《こわ》いけれども、きっと少し話すだけで皆が好感を持つと思う。

「私の身分を明かしますと、まひろさん、あなたの生みの母親である西野量子の、現在の夫です」

「えっ」

夫。

結婚した人。

「再婚相手、ということですね」

からさんが言うと、そうです、って黒田さんは頷いた。

「あぁ、ごめんなさい。何も言わずに口を出してしまいましたが、私はこの家の主で、三原伽羅《みはらきゃら》です」

黒田さんは、はい、って笑顔で頷いた。

「存じ上げております」

「そうでしたか？」

「お顔を拝見して、すぐに。この顔でとよく言われますが趣味は読書でして。中でも詩は大好きなのです。もちろん、伽羅さんの本もほとんど読んでいます」

「そうですか。それはありがとうございます」

人は見かけによらないっていうのは知っていたけど、本当だった。黒田さんは、詩を読む人。でも、タロウさんだってそうだった。あんな感じの風貌なのに、作る作品はとても繊細《せんさい》なんだ。材料こそ武骨な鉄とか銅とかそういうものだけど。

「まひろの、今は祖母にあたるのですよ。その辺はご存じなのですか？」

「いいえ。まひろさんの今のお母様のお名前だけは、お友達からお聞きしましたが、それ以外は何も」

ご説明しましょうか、からさんが言った。

量子さんがいなくなった後に、わたしの父親であり量子さんの夫であった岩崎亨《いわさきとおる》がどうなったか。

そしてわたしが今、どういう立場にいるか。

からさんが何故《なぜ》祖母になったのか。

「そうでしたか」

ううむ、って感じで黒田さんは深く息を吐《は》いた。でも、笑みを浮べてわたしを見た。

「しかし、ご立派な様子にお育ちになっていらっしゃる。まひろさんは、健《すこ》やかな心根《こころね》をお持ちになって生まれたのでしょう」

「そう思いますよ。私も、初めて会ったときからそう感じましたから」

自分は何もしていないのに、褒《ほ》められると本当に照れる。

「今日はお願いに上がったのですが、その前に、あなたの生みの母親である量子についてお話ししましょう。まひろさんは、本当に何も知らないのですよね？　自分を産んだ母親のことを」

「はい」

本当に、何も知りません。

「私も、量子から聞いた話しか知りません。全部お話しします。それがまず必要だと思いますから」

量子さんの旧姓は西野量子。

それは、昨日お母さんに電話して確かめた。黒田さんのことも報告しておいた。からさんがいるから大丈夫だよって。

話が終わったら、またすぐに電話するからって言ってある。

「今は、四十四歳になっています」

四十四歳。

お母さんより年上だ。

「あなたの父親である岩崎亨さんと知り合ったのは、岩崎さんが二十四歳のときだそうです。岩崎さんは車のディーラー勤務の営業マンだったそうですね」

「はい、それは聞いています」

優秀な営業マンで、将来はきっと店長になるだろうって話もあったって。

「岩崎さんと量子は、量子の親の車を岩崎さんが扱《あつか》ったことから知り合ったそうです。当時は量子は高校三年生だったとか。本人曰《いわ》くですが、ごくごく普通の女の子だったと。成績も普通だし、運動も普通。グレたりしたこともなく、平和な学生生活を送っていたと」

そうなのか。その辺はわりとわたしに似ているかも。

あ、わたしが似ているのか。

「高校卒業後は就職を選びました。そして入社したのはタクシー会社の事務です。その会社が、たまたま岩崎さんのディーラーのすぐ近くだったそうです」

「それで、お付き合いが？」

からさんが言って、黒田さんが頷いた。

「同じ車関係の仕事になりましたからね。付き合いが始まり、そして結婚をして、まひろさんを産んだのは量子が二十六歳のときです」

二十六歳だったのか。

「結婚生活も、特に問題があったわけではなかったそうです。岩崎さんは優しい人でありよき夫で父親で、かなり子煩悩だったそうですよ。まひろさんのことも溺愛していたと」

お父さん。

顔もよく覚えていないけれど、そうだったのか。

「ただひとつの問題は、量子が子供に愛情を持てなかったからだそうです」

黒田さんが、言いながら顔を顰めた。

「じつは、私も結婚は二度目ですが、子供はいません。親の愛情というものを理解できるかと言われれば、子供を持ったことがないので実感としては理解できません。量子が言うには、どうしても自分が産んだ自分の娘なのに、愛情というものが生まれなかったと。考えてみれば、実家で飼っていた犬にも自分はまるで愛情を注《そそ》げなかったと。いるのが邪魔みたいにも思っていたと」

「そういう人は、いますね」

からさんも、少し唇を歪《ゆが》めた。

「何が悪いというのではないと思いますよ。ただ、そういう性格なのだと。ですが、そういう性格と気づくには子供を産んでみなければわからないというのは、人間の最大の不幸かもしれませんね」

黒田さんも、唇を一文字に引き締めて頷いた。

「そうかもしれません。しかし、まひろさん」

「はい」

「量子は、あなたのことを疎《うと》んじたわけではないのですよ。どうしても子供を育てることはできそうもないと気づき、そしてこのまま母親でいたら虐待《ぎゃくたい》などをするかもしれない、と。それは、いけないと。ダメだ、と。この子のためにも、まひろのために、虐待するような母親として存在してはいけないと思ったそうです」

「それで、別れたのですか？」

「そう言っていました」

それが、わたしを捨てた理由。

「そう言っていいのかどうかわかりませんが、量子という女性には、そこだけは誠実さがあったのではないでしょうかね」

誠実。

そう言えるんだろうか。

「責任放棄と言われてもしょうがないでしょうけれども、確かにただまひろを疎んじただけではないのでしょうね」

からさんが言った。

「私も話を聞いてそう思いました。もちろん決して褒められたことではないのですが。その後、量子は実家に戻ります。パートなどをしてそのまま実家で暮らし、三十歳で二十歳も年の離れた私と知り合うことになります」

二十歳も離れていたんだ。

「私は、量子のある意味の素直さに惚れました。実は量子は容姿も美しかったのですよ。そう言うと怒られますが、モデルとか、あるいはホステスなどの水商売をやってもきっと一流になれたのではないかと思うほどに」

　モデルさん。ホステスさん。

「まひろさんは、量子と顔立ちがよく似ています。あたりまえですよね。実の母子《おやこ》なのですから」

「似てますか」

「写真を持ってきました。後で、ご覧になられるよう、お渡しします。似ていますが、きっと全体の印象はお父様譲りなのでしょうな。誠実そうな感じは、量子にはないものです」

「それは、言われました」

　父親に似ているって。

「岩崎さんとも、揉《も》めて別れたのではなく、きちんと話し合い理解し合って別れたのだと言っていました。そしてこの先、もしも結婚することがあっても決して子供は作らないと。そして、こんな女が母親だとまひろさんも可哀想《かわいそう》だから、会うこともしないと。そう決めて過ごしていたそうです」

「では、黒田さんとご結婚したものの、子供は作らないと決めて」

　黒田さんが、頷いた。

「先程も言いましたが、子供はいません」

　二人で暮らしてきました、って言って、小さく息を吐いた。

「まひろさん。それがあなたの生みの母親ですが、今、病院にいます」

「病院」

話は、していた。

お金か、命か、って。

「膵臓《すいぞう》ガンです。もう、長くはありません」

十二　血の繫がりというもの

膵臓《すいぞう》ガン。

量子《りょうこ》さん。わたしの生みの母親が。全然詳《くわ》しくはないけれども、その病気がとても難しいものだっていうのは、ニュースとかで聞いたことがある。

からさんが、顔を少し顰《しか》めながら、小さく頷《うなず》きながら黒田《くろだ》さんに言った。

「長くはないというのは」

「もう、いつどうなってもおかしくないと医者に告《つ》げられています」

そんなに。

でも、変だ。あ、変じゃないのか。

会ったこともない生みのお母さん。まったく何も知らなかった人だから。

だから、もう危ないって聞かされても、赤の他人がそうなっているとしか思えない。気の毒だし可哀想《かわいそう》とはもちろん思うけれど、そう思うだけ。悲しくなったり、涙が出てくるとかは、今のところ何もない。

どんな顔をしていいかわからなくて、唇だけ引き締めてしまった。

「あの、じゃあ、今この瞬間にも」

「そうです」

黒田さんが、頷いてポンポンと胸を叩《たた》いた。

「スマホに連絡が来るかもしれません。それで、まひろさん」

「はい」

「私があなたを捜したのは、死ぬ前に、量子にあなたを会わせたいと思ったからです」

「わたしを」

「それは、量子さんが？　そう願っているのかしら？」

からさんが訊《き》いた。

「いいえ。私が、勝手に動きました。量子はまひろさんのことは一言も私に話していません。捜すのに苦労したのがその証左《しょうさ》ですね」

証左。一瞬頭に浮かんでこなかった滅多《めった》に使わない言葉。初めて人が口にするのを聞いたかもしれない。

「わたしには、会いたくないかもしれませんよね。量子、さんは」

お母さんって言えば良かったかも。でも、言えなかった。

「いや、それはないと確信しています」

「どうしてですか」

小さく黒田さんは頷いて、胸ポケットに手を入れた。黒田さんみたいな格好の人がそうするとピストルでも出してくるみたいに思えるかも。

出したのは、ハンカチ。畳《たた》んであったそれを開いたら、ペンダントが包まれていた。楕円形《だえんけい》をした、大きなペンダント。

「ペンダントですか」

「正確には何と言うんでしょうね。私みたいな年代はロケットって言いましたけど」

「ロケットペンダントですね。そう言いますよ」

からさんが微笑《ほほえ》んで頷いた。

ロケットって、写真とかを入れられるもの。

「あ、じゃあその中に」

「はい」

黒田さんは太い指で器用にロケットペンダントの蓋《ふた》を開いた。

赤ちゃんの顔が、そこにあった。

「わたし、ですか?」

「そうです。これは、何歳ぐらいでしょうかね」

まだ赤ちゃんの頃の、わたし。

「自分ではわからないですけど」

「何歳にもなっていないわよ。まだ一歳になるかならないか。まひろちゃんは赤ちゃんの頃から整《ととの》った顔立ちだったのね」

「そうですか」

「赤ちゃんのときの顔を見て、すぐにわかっちゃうってけっこうすごいわ」

「変わってないってことですよね」

「昔から美人さんだったってことよ」

黒田さんも少し笑った。

「実は、私もこの写真を見ていたので、先程会ったときに思いました。変わってない、と」

喜んでいいのか悲しんでいいのか。

「これを、どこに行くのにもずっと量子はつけていました。どんなにこのペンダントが似合わないような服装をするときにも、これを服の中にしまい込んでもつけていました」

わたしの、写真を。

量子さんが。わたしのことを。

「ずっと、思っていたのか。あるいは忘れないようにしていたのか」

「忘れないように？」

「黒田さんの話を聞くと、戒《いまし》めのようにも思っていたのかしらね。自分は子供を持てるような女ではないんだって。決してそんなことをしてはならない。そんなふうに、戒めるためにこのペンダントを持っていたのかしら」

そんなふうに。

「わからないわ。本人に訊いてみないと。黒田さんは、これについては聞いていたのかしら？」

黒田さんは、少し首を捻《ひね》った。

「本人からは何も。いつもつけていたので、これはどういうものかと訊いたときに、見せてくれました。これが、私の娘だと」

私の娘って、思っていたんだ。ずっと。

「でも、そうすると」

ちょっとした疑問が。

「黒田さんに訊いてもわからないのかもしれないですけど、この写真、量子さんは誰から貰《もら》ったんでしょうか。父親からでしょうか」

あぁ、ってからさんも頷いた。

「生まれてすぐに別れたのよね。それ以来一度も会っていないという話なのだから」

「この写真を持って出ていったということではないでしょうかね。まひろさん、この頃の写真というのはあるのですか？」

「少しですけど、赤ちゃんの頃からのものがあります」

「家族写真はなかったのよね？　量子さんの顔を知らないのだから」

「なかったですね。撮《と》ったとしても、プリントしなかったら残らないですから」

そうか、ってからさんが顔を顰めた。

「そうだったわ。まひろちゃんはまだ二十歳にもなってなかった」

「デジカメ、ですね。それか携帯かスマホ」

黒田さんが頷いていた。

「今の今まで、まひろちゃんの小さい頃の写真はプリントされたものがあるものだろうって思っていたわ」

「あるんですけれどね。少ないです。きっとデータとしてはあったのかもしれないけれど、今のお母さんがいろいろと荷物を整理したときには、何もなかったんです」

二人で一緒に乗っているときの事故だったから。そして車は大破《たいは》して燃えてしまっていたから。

「残骸《ざんがい》の中に、いろいろあったのかもしれないですけど」

写真として残っていたのは、家にあったプリントされたものだけ。

「じゃあ」

そう言ってから少しからさんは、何か考えた。

「わざわざプリントしたものを、こうしてペンダントにしていたのね、量子さんは」

「そうなりますか」

ずっとわたしの写真を身につけていた。生みの母親、量子さん。

「会いたくないはずがない、と私は思っています。会えないとは考えているとは思いますが」

「どう、まひろちゃん。会いに行ってみる？」

どうしよう。

「私も、わからないわ。どういう気持ちで量子さんがこのペンダントをしていたのか。そして今、自分の人生が終わろうとしているときに、あなたのことをどう思うのか。あなたが、決めることね」

「もちろん、たとえ断られても、それについて私がどうこう言うつもりも何もありません。量子にも何も伝えません。ご迷惑を掛けてしまって申し訳なかったと、ただ、退散《たいさん》します」

「会います」

決めた。

決めたというより、ただ口からその言葉が出てしまった。

「会いたいわけでもないし、会いたくないわけでもないです。でも、わたしの人生が続いていくんだから、ここで会えるのなら会っておかないと後悔《こうかい》しそうな気がします」

からさんが、小さく頷いた。

「結果としてまた嫌な思いをさせてしまうかもしれませんが」

黒田さんが言う。

「わかります。でも、それはわたしが会うと決めた結果そうなっただけですから、それで後悔したりはしません。失敗したなーって。晩ご飯の味付けを間違ったのと同じです」

違うかもしれないけれど、でも、そう思う。


黒田さんの車に乗って、病院へ向かった。

からさんが、柊也《しゅうや》さんが一緒に行けるなら行ってあげてって言って、柊也さんは来てくれた。どうして柊也さんなんだろうって思ったけれど。

最初から一人で行くつもりではいたけれど、もちろん誰かついてきてくれたら、それはそれで何か心強い気はしたけれども。

柊也さんと二人で車の後ろに座って、流れる景色を眺《なが》めていて。柊也さんに大学は大丈夫ですかとか何気なく訊いて。

「大丈夫」

でも、どうして僕だけに行けって言ったのかなって、柊也さんが言った。

「全然いいんだけど、行くつもりもあったけれど、からさんが一緒に行くのかなって思った」

わたしも、何となくそれは考えていたけれど。

「からさんは、保護者ですからね」

私たちの会話を聞いた黒田さんが、運転席で言った。

「保護者？」

「形式上でも祖母であり、未成年であるあなたの保護者がからさんですよ。こういうときに保護者は、量子のような者には対立する存在ですね。こんな形で対面するときに、対立する人間はいては駄目だとからさんは判断したんでしょう。そう思いますよ」

対立する存在。

「僕は、ただの友達だから？」

柊也さんが言うと、黒田さんがそうですね、って頷いた。

「今のところ彼氏でもないただの友人で、でも同じ屋根の下で暮らして、信頼できる男性なのでしょう。どんなことになろうとも傍《そば》に居るのに、まひろさんの感情をいちばんフラットに受け止められると思ったのでしょうね。私も、賛成です」

フラットに受け止める。大人の人と、ちゃんとした人と話すといろんな今まで聞いたことのない言葉が出てくる。

「わたしの思いを、ただ受け止めてそのままにしてくれる、という感じでしょうか」

「静かに受け止めて、そのままにできる。でしょうか。想像するとわかりますよ。もしも自分の感情が波立って大泣きしたとき、傍にからさんがいたら、抱きかかえられて優しくされて余計に泣いてしまうのではないでしょうか。でも柊也さんなら」

柊也さんなら。思わず見つめ合ってしまった。

「抱きかかえは、たぶんしないかな」

「その前に、大泣きしないかも」

柊也さんが傍にいたのなら。そうか。傍にいる人が違うと思うだけで、そんなにも感情の発露《はっろ》っていうのは変わってくるのか。

「私が言うのも何ですが、量子との対面は、最悪のことも考えられるものです。あなたの心に大きな傷を残しかねない。でも、そういうときに傍にいる人間で本当に心持ちが違うものです。あそこにいた皆さんの中では、柊也さんがいちばんだったのでしょう」

そういうものか。

「祐子《ゆうこ》さんは姉御肌で同じ女性だし、タロウは、ダメか」

柊也さんは言って少し笑った。タロウさんが一緒に来てくれたらって思ったら、やっぱり少し笑ってしまった。もちろんタロウさんはいい人だ。でも、いい人だからっていつどんな状況でも頼りになるわけじゃない。邪魔になるときもある。

そうか、そういうものなんだ。

「でも、黒田さん」

「はい」

「失礼ですけど、とても冷静ですよね。落ち着いていて。自分の妻が今にも死にそうなときにこうやってまひろちゃんを捜しにきて、そしてこんなふうに対応している」

柊也さんがそんなふうに訊いて、黒田さんは、小さく頭を動かした。

「まぁ、性格もあります。何よりも、夫だとは言いましたが実は量子に離婚届を出されました」

「え？」

離婚届。

「まだ提出していないので、立派な夫婦ですがね。彼女の中でもう私は夫じゃないんですよ」

「黒田さんは、まだ同意していないってことでしょうか」

「そのときには、あ、もちろん量子がまだ倒れる前の話ですが、離婚はしないと言いました。何故《なぜ》ならば、量子が離婚したいと言ってきたのは、私の会社の若い男と不倫したからなんです」

わお、って柊也さんが声にだした。

わお、って。

「私を毒殺してその男と会社を乗っ取ろうとしたらしいですよ」

「え!?」

二人で叫んでしまった。

「冗談です。そういう話を若い男と浮気しながら、冗談でするような女なんですよ量子は。どうしようもない女です」

どうしようもないというか。

「そんな人が現実にいるんですね。ドラマとかじゃなくて」

「いますよ。柊也さんは、大学生でしたね」

「そうです」

「私ができるアドバイスは、社会に出たら気をつけるのは女だけだ、と。金で失敗したら取り返せばいい、人で失敗したら謝ればいい、仕事で失敗したら次から気をつければいい。しかし、女の失敗だけはもう取り返しがつかないです」

うわぁ、って柊也さんが言って、黒田さんは笑った。

「そんな女のために、こうして走り回っているんです。これも、女で失敗した男の一例です。柊也さんは見ておいて損はないですよ」

「え、その若い男の人は」

どうなっているんでしょうか、って柊也さんは訊いた。

「まだいますよ。会社に。有能な若者です。他の会社に取られたくないですね。ひょっとしたら本当に私が死んでも会社を乗っ取ってやっていけるぐらいに」

「そんなにですか」

「不思議なもので、そういう有能な男ほどとんでもない女を摑《つか》むんですよね」

社会に出たら、って言葉に続くのは大抵《たいてい》は男性についての話になる。社会に出るのは男性ばかりだったからだと思う。女性は結婚して家にいるんだっていう、固定観念。男尊女卑《だんそんじょひ》。

そういうのは、知ってる。

そういうのと、からさんは戦ってきたこともある人。

「社会に出る女性に対しての、アドバイスってないんでしょうか」

訊いてみたら、黒田さんは頷いた。

「なかったんでしょうね。女性の社会進出、なんてのが言われるようになるぐらい、この世界は、日本だけじゃなくて世界中が昔からそうだった。平等が叫ばれて久しい今でもあんまり変わらない。私の会社でも男女比は七、三で男性ですよ。まぁ建設業界というのがそもそもそうなのですが」

でもね、って黒田さんは続けた。

「男女平等とか、ジェンダーとか、それはもう良いことです。そうあるべきです。男女はどんな場合でもそれこそフラットであるべきだと。ただ」

「ただ？」

柊也さんが訊いた。すごく興味がある表情をしている。

「私が年寄りだからではなく、男は女を守る義務を有した生き物で、女は男に守られる権利がある生き物だと思っています。それはある未来が実現しなければ未来永劫《えいごう》変わらないと」

義務、権利。

「それは、女性が子供を産む生き物だから？　ですか」

「そうです」

黒田さんは、大きく頷いた。

「差別とかではありません。そう決まってしまっている。変えようがないんです。ある未来というのは人間のその生殖の仕組みを変える未来が実現したら、これも消えるでしょう」

子供を、男も女もどちらも産めるようになるとか、まったく違う方法で子供を作れるようになるとか、ものすごいSF的な未来。

「そういうのが来ないと、役割は変わらないから、性別による区別は変えようがないってことですか」

「区別とか、そういうものではないでしょう。からさんも、よく著作で言ってますよ」

「からさんが?」

黒田さんが、少し笑った。

「からさんの前では平静を保つ努力をしましたが、私は相当なからさんのファンなのですよ。ほとんど読んでいると言ったのは嘘でもお世辞《せじ》でもないです」

そうだったんだ。

「からさんは、それを〈思い〉と言ってますよ」

「思い?」

「男が女を思う、女が男を思う。人の思い。それは、同じであり、まるで違う。それを失ってしまうと、世界は偏《かたよ》る。と」

思う、こと。

「義務とか権利とか言いましたが、そういうことを私も考えました。今、こうして仕事もほっぽって車を走らせているのも、そうなんだと」

思うこと。

それを失っては、失わせてはいけないんだ。そういうこと。

＊

大きな病院だった。

まるでドラマに出てきそうな大きくてきれいな病院で、白衣の人たちがいないとどこかのホテルみたいにも見える。

入院病棟のエレベーターも、きれいだった。七階まで上がって、広い廊下を歩いて、個室の病室のひとつ。

名札があった。

黒田量子。

まだ離婚していないから、黒田さんなんだ。わたしの生みの母親の量子さんは、黒田量子として死んでいくんだって、思った。

黒田さんは、どうぞ、って表情だけで言って、わたしと柊也さんを中に招き入れた。

量子さんは、病室のベッドに横たわっていた。

いろんなものが身体《からだ》に繋がれていた。あの酸素マスクみたいなものは付けていなかった。細い顔、細い身体。髪の毛は、短かった。切ったのかもしれないけれども。

顔の形は、ひょっとしたらわたしに似ているんだろうか。眼を閉じたときの自分の顔なんか、スマホで撮ったときの失敗した自撮りしか見たことない。

こうやって眠っているときの顔を見るのは、一緒に暮らしている人だけ。もしくは、一緒に寝た人だけ。

「じきに起きると思います」

黒田さんがそう言ったとき、その声が聞こえたのか、量子さんの瞼《まぶた》が動いた。ゆっくり動いて、眼を開《あ》けた。

呼吸が、ゆっくりだ。

何か、言った。まったく聞こえなかった。もう一度何か言って、ゆっくり頭を動かして、ベッドの傍に立っているわたしを見た。

何にも反応しないで、でも急に眼に光が戻ってきて、パチッと大きくまばたきして。

「あー」

あー、って言った。

「あなた」

黒田さんを呼んだのか、わたしに言ったのか、わからなかった。

「まひろさんだよ」

わたしの後ろに立っていた、黒田さんが言った。そうしたら、眼の光が一層強くなって。眼の光って本当にあるんだって知った。

眼に、力が戻ってくるって本当にあるんだって。

「まひろ？」

「はい」

「まひろって、私の娘の？」

娘だ。生んだ人だ。

だから、頷いた。

「そうです。あなたが生んだ、まひろです。今は、神野《じんの》まひろです」

「神野まひろ」

名前しか言ってない。

「水、飲むかい」

黒田さんは、ベッドの脇のテーブルにあったストローがついたコップを示した。わたしたちが立っていると取れないから、わたしがそれを手にして、ストローを量子さんの口元に持っていった。

お母さんは、風邪を引いて熱を出して寝込んだときに、よくこのコップにポカリを入れて、寝床に持っていっていた。わたしがこうやって飲ませてあげたこともある。

量子さんは、水を飲んだ。

もういいわ、って合図して、わたしはコップをまたテーブルに置いた。量子さんはわたしをじっと見た。

急に、意外に元気そうな表情に見えてきた。眼が完全に覚めたんだろうか。

にこっ、と、笑った。

「かわいいわー、まひろ」

「あ、」

ちょっと驚いて、声が出なかった。

「びっくりー、黒田が連れてきたの？　なんかやるかもしれないって思ったけど、まさか連れてくるとか」

軽い。

笑顔になってる。あ、でも違う。その笑顔に、力がない。軽さに、羽根がないような感じがする。

「初めまして」

あぁ、って、苦笑した。

「謝った方がいいかな、初めましてって思われるわよね。あなたはまったく私のことなんか覚えてないんだもんね」

「はい」

素直に、頷いた。

「今も、他人の、知らないおばさんのお見舞いに来たような気持ちです」

「そうよねぇー」

笑った。でも、病人の笑いだ。こんなにも健康な人と病気の人には、違いがあるんだ。はっきりとそれがわかるんだ。

量子さん、小さく息を吐いて、微笑んでた。

「かわいくて、頭良さそうで、スタイルも良さそう。すっごく良い子。嬉《うれ》しい」

「嬉しいですか」

「嬉しいわ。私が生んだ娘は、こんなにも素敵な女の子になっていたって。母親の私の遺伝よねって」

そう言って、急に、顔が歪《ゆが》んだ。

「亨《とおる》さんにも、似てるわ」

亨さん。お父さん。

「あのね、恨んでる？　憎んでる？　私のこと」

静かに言った。

「恨んでも、憎んでもいません。さっきも言いましたけれど、他人にしか思えないんです。お母さんとか、そんな感情がわいてきません。なので、恨みも憎しみもないです。今、あるのは」

あるのは。

「病人の方に、できれば元気になってほしいな、というお見舞いの気持ちだけです」

量子さんは、真剣な顔で聞いていた。それから、わたしの隣でじっとしていた柊也さんを見た。

「あなたのことを訊いていいかしら？　まひろの、新しい兄弟の方？　それとも彼氏さん？」

「友人です」

柊也さんが言った。

「今、まひろさんは義理のお祖母《ばあ》さんの家に住んでいます。僕はそこに下宿している大学生です。ひとつ屋根の下に住んで、一緒にご飯食べたり毎日話したりしていますが、特別な関係ではないです」

一気に言ったのは、きっと疲れさせないためだと思う。

そう、って量子さんは頷いた。

「なんか、嬉しい」

微笑んだ。

「お名前、訊いていい？」

「野洲《やす》柊也です。建築学科で今三年生です」

「あなた、建築学科ですって。あなたの会社で雇《やと》えるんじゃない？　お願いね。考えておいて、もう全然素敵な男の子よ」

　早口で言った。それから、笑った。

「すごいわね。こんな二人を一緒の家に住まわせているお祖母さんって、本当にきっと素敵な人よね。大正解よ。私の人生でやっぱりいちばんの、最高の選択をしたのよ私」

　何を言ってるのか、わかるけれど。

「あのね、まひろ」

「はい」

「どう思われてもしょうがないけれど、私はあなたを捨てたとか嫌ったとかじゃない。あなたにとって、私が産んだ娘にもっともいい道を選んだって思っていたの。私を母親として生きることがあなたにとって最悪だと思ったの、その最悪さえなくせば、絶対にあなたはそれより良い人生を送るって」

　あぁ、って溜息《ためいき》をついた。

　喋《しゃべ》ることが、辛《つら》いんだろうか。

「それが、正解だったことが、今、わかったのよ。嬉しい。最高。私の人生、最後の最後にこんな良いことがわかった」

　涙が、流れた。

　量子さんの瞳から。

「謝らなくて、済んだ。謝ってほしいなら謝るけど、心からそんなこと思ってない。思えない。私は、やったんだ。いい選択をしたんだ。ねぇまひろ」

「はい」

「会っちゃったからもうしょうがないけど、私のことなんか忘れてもいいんだけど、もう覚えちゃったよね。だから、こうやって覚えておいて。私の生みの親は、私に最高の選択肢だけを与えて死んだって。そう思えば、いいでしょう？　だってまひろ、あなた今幸せよね？」

幸せ。

わたしの今までの人生は、今のわたしは。

「幸せです」

わたしは、わたしが不幸だなんて思ったことはない。運が悪かったのかなって思ったことはあるけれども、不幸なんて思わなかった。

いつも、幸せだった。

量子さんは、泣いている。

「良かった。良かった。良かった。もう最高の日だ。こんな日が来るなんて思わなかった。あぁ私もう死んでもいいわ。死ぬけどさ。まひろ」

「はい」

「言っとく。あなたは、私が生んだけど、私の中の最高の遺伝子だけを受け継いだって覚えてて」

「最高の遺伝子」

「ろくでもない、自分の子を置いていくような女の遺伝子なんか受け継いでいない。最高に運が良いところだけ受け継いでいるって。だって賭《か》けに勝ったのよ私は。私があなたの母親であることを止《や》めたらあなたは絶対に幸せになるって方に賭けたのよ。それに勝った。あなたはそこだけを受け継いだ」

ラッキー、って。

そう言った。


黒田さんが送ってくれるって言ったけれど、タクシーで帰りますからって断った。きっと疲れて、まるでそのまま死んでしまったかのように眠り込んだ量子さんについていってくださいって。

柊也さんと、病院の廊下を歩いた。

感情の、大きな揺れは、ない。

泣くことも、怒ることもなかった。

「柊也さん」

「うん?」

「わたし、今、笑ってますよね」

「うん」

柊也さんも、微笑んでいる。

笑えてきてしまった。

あの人が、わたしを生んだ人なんだ。おかしかった。

「もしもさ、あの人がさ、量子さんがからさんの家で一緒に住んでいたら、きっとまひろちゃんと仲良しになったんじゃないかな」

「うん」

そうかもしれないって、本当に思った。

十三　からさんの家で

八月四日。

その日が、量子《りょうこ》さんの、わたしの生みの母親の命日になった。

そして翌々日の葬儀に、わたしは生まれて初めて喪服というものを着て参列することにした。

正確に言えば、父親である岩崎亭《いわさきとおる》さんと母親だったかえでさんの葬儀に出ているはずなんだけど、それ自体わたし自身はほとんど、というか、おぼろげにしか記憶の中にない。そう言われてみれば何かそういうものに出ていたかも、というぐらいの認識しかないので、実質上、自分で決めて行くことにした初めてのお葬式。

亡くなったのは夕方で、その夜に黒田《くろだ》さんから電話があったんだ。

明日はお通夜になるけれども、いろいろとかなりごった返すことになりますから、もしも来ていただけるのなら、明後日の葬儀のときにって。

そして、その場には量子の両親、つまり、わたしの実の祖父母もいますって。

二人には、黒田さんがわたしを捜して量子さんに会わせたことなどは、何も伝えていませんって言った。

（なので、まひろさんが葬儀に来られても、どこかの若い女性なんだな、と誰も何も気に留めません。そのまま帰られてもいいですから）

（何もかもまひろさんの判断に任せる、と言うのは大人としてどうかと思うのでお話ししますが、あなたの実の祖父母はごく普通の、そして善き人たちです。量子が自分の子を、あなたを捨てるようにして離婚したときには情けなさに泣き、怒り、孫に会えなくなるのを悲しんでいたそうです。

あなたを引き取って自分たちが育てるとも話していたとか）

（もちろん私も何度も会っています。あなたに一度も会おうとしなかったのは、それは新しい母親を持ったあなたのためにはならないと話し合った結果でしょう）

（葬儀の場であなたのことを伝えたら、きっと喜び涙を流し、そして謝ったりもするでしょう。今後も連絡を取りたいと言ってくるでしょう。そういうことを、少しでもわずらわしいかもとか、嫌だなと感じるならば、私は二人に何も伝えません。形だけは挨拶《あいさつ》して、後はもう二人とは係わりを持たなくてもいい、というのであれば、私が話してそのようにさせます）

（もちろん、会って話をしてから、その後に今後も会うかどうかを決めたいと思うならば、そのようにします。私に連絡をください）

黒田さんは、そういう電話をくれた。

「いい人よねぇ、黒田さん」

祐子《ゆうこ》さんがしみじみって感じで言った。

「そう思います」

「量子さんが二十歳の年の差をものともしなかったのもわかるわ。私だって惚《ほ》れそうよ、話だけ聞いていたら」

笑ってしまった。

でも、本当に黒田さんはいい人なんだと思う。会社を経営する才覚もあって、人物としても魅力があって。奥さんになった人の子供だったとはいっても、何の関係もないまったくの赤の他人のわたしのことをいちばんに考えてくれた。

それは、わたしが、これからの未来がある若者だからよって、からさんが言っていた。

死んでいった人より、余り先のない年寄りの気持ちより、これからを生きていく若者が何よりも大切なんだからって。そういうことを、きちんと考えられる、わかっている黒田さんは本当にいい経営者よねって。

いい人過ぎて、金儲《かねもう》けはできないだろうけどとも言っていたけど。

「そうね。その通り。いい人は金儲けはできないわね」

「そういうものですか」

祐子さんが頷《うなず》いた。

「本当の意味で金儲けできる人間って、やっぱり他人のことなんか考えない人でなしなのよ」

「人でなし」

それは、強い言葉だ。

「そこまで言われちゃいますか」

「もちろんよ。そうでなきゃ金儲けなんかできないわ。他人がどうなろうとしったこっちゃなくて、自分が金持ちになることしか考えない。そういう人間が本当の意味で金儲けができるのよ。私も無理だけど」

「みんな無理じゃないですか」

「無理よ。だから本当に金儲けできる人間はほんの一握りなのよ」

そういうものなんだ。

「まぁとんでもない特許を取ったとか、あるいはビル・ゲイツみたいな運と才能の両方持ち合わせた人はまた別の話でしょうけどね」

黒田さんみたいな経営者の下《もと》で働ける人は幸運だろうって。

自分が金儲けしようなんてたぶん考えていない。会社をきちんと運営して社員皆がしっかり働いて生活していけることを第一にしているだろうからって。

そういう会社の、経営者はたくさんいるはず。そしてそういう会社がこの社会をきちんと形作って経済を安定させて、そして平和な平穏な暮らしをキープしているのよって祐子さんは言った。

そんなことは考えたこともなかった。でも、考えてみればそうなんだなって納得する。きちんと働ける場所がなければ、ちゃんと働く人がいなければ、この社会は成り立っていかないんだ。

喪服というものを持っていなかったので買おうかと思ったのだけど、からさんが持っていた黒のワンピースがあつらえたみたいにわたしにぴったりだった。

「本当にぴったりよねぇ」

祐子さんが、手に持つ小さな黒のバッグを貸してくれた。

「からさんの服ってもう全部まひろちゃんのものにできるんじゃない？」

「それぐらいの勢いで借りてますよね」

外出着と言えるぐらいの服ってほとんど持っていなかったけれど、からさんのワードローブにあった服が、何もかもわたしの体形にぴったりで何枚も借りて、そのままわたしのタンスに入っている。

出版社に行くときとか、柊也《しゅうや》さんやタロウさんと一緒に食事に行ったときとか、もう何度も一人の社会人としてお出かけしているけれど、全部からさんの服を貰《もら》ってしまっている。

冗談ではなく、からさんは全部わたしに遺《のこ》すからって話していた。もちろん先の話だけれども、からさんは遺言をきちんと書いている。それは、一ヶ月に一回見直して更新しているんだって。

からさんの iMac のデスクトップに置いてあるテキストデータ。それが遺言。その中にはからさんの個人所蔵のいろんな物をどうするかが事細《ことこま》かく書いてあって、わたしが来る前までは服などは全部売るなり好きなように処分していいってなっていたんだけど、ファッションに関する物は全部わたしに譲るって書き直したって。すごくありがたくていいんだろうかと思ったけれど、祖母が孫に何かを遺すなんてあたりまえのことだって言われて、そうかもしれないって。

祐子さんが、葬儀に一緒に行ってくれた。

柊也さんは講義があったし、タロウさんは絶対に無理だって自分で言っていた。どんな場面になろうとも平静でいられる自信がまったくないって。

会場が豊島《としま》区だったので、電車で駅まで行って、そこからはタクシーで。

「それで、どうするの？」

タクシーの後部座席で、小声で祐子さんが訊《き》いてきた。

「本物の、本物っておかしいわね。血の繋《つな》がった実のお祖父《じい》ちゃんお祖母《ばあ》ちゃんに言うの？　自分は孫のまひろですって」

頷いた。

「そのつもりです」

それこそ、普通の人なんだろうから。黒田さんが言っていたように。

「私に会いたくないはずがないだろうから」

「そうよね」

「わたしも、会いたくないわけではないですから。もうこの世にわたしと血の繋がりがあるのは、その人たちだけですよね」

確かにね、って祐子さんが頷く。

「どうする？　一緒に暮らしたいとか言ってきたら」

「それは」

ちょっと言い淀《よど》んでしまう質問だけど。

「遠慮します。ごめんなさいって言います」

たぶん嫌とか、だからじゃない。

今のわたしには、もうわたしの暮らしがあるから。


豊島区の葬儀会場は、大きなところだった。もう何回もお葬式には出ている祐子さんが、こんなに大きな会場での葬儀は初めてだわって言っていたから、相当に大きいんだろうと思う。

やっぱり、会社の社長さんの奥さんだったからなんだなって。会場の外にもたくさんの花が飾られていた。

静かだった。こんなにたくさんの人が集まっているのだから大きな騒《ざわ》めきがあってもいいはずなのに、ほとんどなかった。ロビーみたいなところではあちこちで人が集まって会話をしていて、その騒めきがあったけれども、式場の中は本当に静かだった。何の曲かわからないエレクトーン演奏がごく静かに流れているだけ。

たくさんの椅子が整然と並んでいて、親族とそうじゃない人に分かれて座るんだって祐子さんが教えてくれた。

「まぁ親族がそんなにたくさんいるわけじゃないだろうから、後ろの方はほとんど誰でもいいはずだけどね」

祐子さんが言う。

親族は、あちら。

そうじゃない人は、こちら。

さぁわたしは血縁を考えたら親族になるはずなのだけど、とりあえずどっちに座ればいいんだろうって入口で少し考えていたら、声を掛けられた。

「まひろさん」

振り返ったら、黒田さんがいた。

喪服であるブラックスーツを着た黒田さんは、もしもサングラスでも掛けていたらSPかＭＩＢ《メン・イン・ブラック》にしか見えなかった。知らなかったら絶対に近づかない感じ。

二人で頭を下げた。

ご愁傷様《しゅうしょうさま》です、って言葉は、何だか空々しく感じて言えなかったけど、祐子さんが言ってくれた。

「ありがとうございます」

黒田さんは、明らかに忙しそうだった。

ドラマなんかだと、奥さんが亡くなったんだから夫はただうな垂《だ》れて前の方でじっとしているイメージだけど、違う。

このイベントを取り仕切っているディレクターみたいだった。インカムでも付けているんじゃないかって雰囲気がある。もう覚悟が出来ていたからだろうなって思ったし、やっぱり社長さんになるような資質を持った人だからかなって。

「向こうの控室に、量子の両親がいますが、どうしますか」

「会います」

言うと、少し嬉《うれ》しそうに微笑《ほほえ》んだ。

「その後のことは」

「わたしが、きちんとお話しします」

わかりましたって、黒田さんが頷いた。

「始まるまで、二十分ほどあります。時間が来たら誰かを呼びにやりますので、気にせずにどうぞ」

黒田さんの後に続いて、斎場の裏側にあった控室まで歩いた。ここもとても広くて、大きなテーブルやソファ、キッチンまであった。そうか、泊まれるところだってすぐにわかった。続きの部屋には和室もあって、きっとその奥にはトイレやお風呂もあるんだろうなって。

何人かの人がいた。子供もいた。それぞれがそれぞれに話していたり、着替えていたり、誰もわたしと祐子さんが入ってきたことに気を留めていなかった。

あちらに、と、黒田さんが小声で言った。

窓際にあったソファに、座っていた。喪服を着て二人で並んでいた。ああいうのを、所在なさげって言うのかなって思った。

娘が亡くなって、その葬儀。

ひょっとしたら、昨夜はほとんど寝ていないのかもしれない。疲れているかもしれない。それでも、きちんとしている。喪服を着崩したりしていない。

「お義父《とう》さん、お義母《かあ》さん」

黒田さんが呼ぶと、二人で顔を上げてわたしを見た。一緒にいた祐子さんの方も。

二人は、この女性たちは誰だったろうって感じの顔をして、少しだけ笑《え》みを浮かべながら居住まいを正した。見たことないけれども、どちらかの親族かあるいは親しい関係者なのかって。そんな感じで見ていた。

「驚くでしょうが、こちら、まひろさんです。量子の娘の」

お祖母さん。わたしの実のお祖母さんが、口を開《あ》けた。そのまま動かなかった。

お祖父さんが、腰を浮かせた。浮かせたまま、やっぱり口を小さく開けて、動かなかった。

人は本当に驚くと一瞬固まるって言うけれど、そういうものなんだなって思ってしまった。

「まひろちゃん、なの？」

お祖母さんが、眼を丸くしたまま、そう黒田さんに向かって言った。

「そうです」

「本当に？」

「本当です。まひろさん。今は、神野《じんの》まひろさんと言います。私が捜して見つけて、連絡を取りました。実は、量子にも病院で会わせました」

お祖父さんが立ち上がった。

ものすごく見事な銀髪で、黒縁《くろぶち》の眼鏡を掛けて、痩《や》せている。お祖母さんの眼から、涙が急に溢《あふ》れてきた。口を手で覆《おお》った。

「まひろちゃん、なのか」

「はい、そうです」

お祖父さんは、唇を噛《か》んだ。眼を細めた。大きく息を吐《は》くようにして、そのまま静かに、ゆっくり、腰を折るように頭を下げた。

お祖母さんも、涙を拭《ぬぐ》いながら、慌《あわ》てたように立ち上がって頭を下げる。お祖母さんは、背が低くてちょっと太っているかもしれない。

「申し訳なかった。こうして頭を下げることしかできない」

お祖父さんが言う。そういえばまだ名前も聞いていない。西野《にしの》さんっていうのは間違いないと思うけど。

「あの」

頭を上げてくださいとか、謝らなくてもいいですとか、いろいろな言葉が頭に浮かんできたけどなんだかピンと来なくて。

でも、最初はちゃんと挨拶しようと決めていた。

「あの、お祖父さん、お祖母さん」

そう呼んだ。

二人が、また驚いたように同時に頭を上げた。

「初めまして。神野まひろです。わたしは、間違いなく岩崎亭さんと、西野量子さんの間に生まれた子供です。お二人の、孫です」

会えて、嬉しいです。

それは、本当に。今、そう思ったから言った。

*

からさんの家に帰ってきたのは、もう午後三時になっていた。

塩を撒《ま》くって何かで見たり読んだりしたんだけど、からさんはしなかった。

二人でただいまって玄関で言うと、ただお疲れ様って出迎えてくれた。

「あれは、私は好きじゃないのよ。まぁそもそも宗教というものをあまり好まないんだけれども」

「そうですよね」

お墓参りはするし初詣《はつもうで》とかもするし、神様やご先祖様に感謝したり拝《おが》んだりはするけれども、からさんは無宗教。

「それとも、しておく？　その方が気持ちいい？　まひろちゃんがしたかったらするけれども」

「いいえ、いいです」

わたしも無宗教だし、今までしたこともなかったし。

「邪気を払うためだって言うけれどもね。そもそもあれは神道から始まったもので仏教とは関係ないはずよ」

「そうなんですね」

「着替えてきなさいな。おやつにしましょう。お茶淹《い》れておくわ」

喪服にしたワンピースは、一回、しかも数時間着ただけだからもう一回着てもよさそうなものだけど、お線香の香りは気づかなくても服にかなり染み込むからクリーニングに出した方がいい。祐子さんのものと一緒にハンガーに掛けて、洗面所に一晩干《ほ》しておく。そういうことも、からさんに教えてもらった。

わたしは、生きていくいろんなことを、この家に来てから、からさんと暮らすようになってから教えてもらっている。他の皆はどうやってそういうことを学んでいくんだろうって思う。

今度、静香《しずか》ちゃんと会ったときにはそんなこととかもいろいろ話してみよう。大学に入ってどんなふうに変わったのか。変わっていくのか。

コーヒーのいい香りがしていた。そして、おやつにはチーズケーキがあった。からさんが買ってきてくれたんだ。

「それで、会ってきたの？　向こうのお祖父ちゃんお祖母ちゃんに」

「はい」

きちんと話をしてきた。

「いい人よ。本当にきちんとしたいい人たち」

祐子さんが言う。

「話に聞いた量子さんみたいな子供がどうしてできたのかしら、って思うぐらいにね」

「それはまぁ、親と子供は別の人間だからね。しょうがないわよ。お名前も聞いてきた？」

聞いた。

「西野忠親《ただちか》さんと、駒子《こまこ》さんです。忠親は忠義に親、駒は将棋の駒です」

あら、ってからさんが少し眼を大きくした。

「それはまた、お二人とも風情《ふぜい》のあるお名前ね」

「時代劇みたいよね。聞いたとき思わずそう言いそうになっちゃった」

少し笑った。わたしもちょっと思ったから。

「今のわたしのことを、きちんと話してきました」

時間はたっぷりあった。葬儀が終わってそのまま火葬場へ向かって、そして終わるのを待つ間に、全部話してきた。わたしが、今までどういうふうに生きてきたのか。今、どんなふうに暮らしているのか。

もちろん、お祖父さんお祖母さんの暮らしぶりも。

「離婚したときに、量子さんがどう言っていたのかとかも」

「ちょっと驚いたというか、へぇえって思ったのはね。量子さん泣いていたんだって。別れると決めたときに」

からさんが少し顔を顰《しか》めて、頷いた。

「そういう思いはあったのね」

「とにかく育てることはできない。育てたら絶対にこの子は不幸になる。それは自分も旦那さんも含めてね。別れれば、不幸になる人は減るって。そんな理屈があるか、結局自分のことしか考えていないじゃないかってお祖父さん、あ、お父さんか、怒ったんだけどね」

そういう話も全部聞かせてくれた。

「わたしの名前の由来もわかりました」

「あら」

まひろ。

ちょっと変わっているこの名前。

「誰がつけたのか、誰もわからなかったんです。わかる人が皆いなくなってしまったので」

「そうだったのね。そういえば私も訊くのを忘れていたわね」

「つけたのは、量子さんだったそうです」

まひろは、漢字で書くと真裕。

「いつわりなく、ゆたかな人生になるようにって。男の子なら漢字で、女の子だったらひらがなにするって、わたしができたときにすぐに量子さんは決めていたそうです。お祖父さんもお祖母さんも覚えていました」

そう、ってからさんが微笑みながら小さく頷いた。

「あなたの生みの母は、心底《しんそこ》あなたが幸せになることを願っていたのね。そして、やっぱり強い人だったのね。自分で名前を付けてそのまま決めさせたんだから」

そうなのかもしれない。

「それなのに、自分で努力しなかったのは私はどうしても納得できないけどね」

祐子さんがちょっと唇を尖らせた。

「でも、まぁ、話しか聞いてないけど、心底悪い女じゃないってのはわかってホッとしたわ。そんなのが母親だったらまひろちゃんが可哀想《かわいそう》だった」

そうね、ってからさんが言う。

「悪いとか良いとかじゃなかったんでしょうね。量子さんという女性はある意味で真っ正直な女性だったのよ」

「正直過ぎたんじゃないの？」

「誤魔化すこともできたのじゃないかしら」

からさんは、少し考えた。

「もうたぶんでしか話はできないけれど、それだけ強い人だったのだから、自分の気持ちを押し殺してそのまま、まひろちゃんの母親でいることはできたはずよ」

「そうかもね」

祐子さんも頷いた。

「できたのだろうけど、それが結局はまひろちゃんを不幸にするってことがもう本能的にわかったのよ。身体《からだ》と心の全部でそれが理解できて、ひょっとしたら震えるぐらいに恐《こわ》いことだったのかも」

「恐いこと？」

「まひろちゃんを不幸にすることがよ。そんなのは絶対に耐えられなかった。だから、まひろちゃんの母親であることを放棄した。放棄することが最良の、ベターじゃなくてベストを生む方法だって判断できた」

ベターじゃなくて、ベスト。

「人間ってね、たぶんほとんどの人がベターな方向性と可能性を探りながら生きて行くものなのよ」

「ベターですか」

「生きて行くにはいろんなしがらみや感情があるし、そもそもその人の能力の限界もある。だから、自分の感情や思いそのままのベストな選択ってなかなかできないの。自分にとってのベストは簡単に誰かのワーストに成り得るものだから。どこかで聞いたことあるでしょう？　自分の幸せは誰かの不幸、なんて言葉」

「あります」

幸せの反対は不幸、って簡単には決めつけたくないけれども、そういうふうに言われることはある。

「結婚とかそうよね。二人にとってのベストでも、その二人を愛していた誰かにとってはワーストになるかもしれない。親なんかもそうね。結婚すれば不幸になるのは眼に見えてるから反対とかでね」

そういう話は、ドラマなんかでもよくある。

「でも、量子さんは自分がベストだと思う、あなたの母親にならないっていうその道を選んだ。それだけ真っ正直に生きることはできた女性だったってことね。まぁ、これは今のまひろちゃんを知ってるから、そうやって言えることなんだけど」

「目も当てられない結果になったかもしれないんだからね」

わたしは、今こうやって幸せに、少なくとも何の不自由もなく生きていけている。それは、量子さんがその道を選択してくれた結果。

「そう思えば、思えるんだからいいってことですよね」

からさんが、頷く。

「そう思えれば、誰一人恨むことなく、憎むことなく、生きていける。ものすごく大事なことよ」

わたしはからさんの家に来て、今まで知ることができなかったことをたくさん知って、今の自分が幸せなんだと思える。

「住所や連絡先も聞いてきましたし、わたしのも教えたので。それと、これからも会いたいと言われたので、お正月に年始の挨拶に行くのを約束しました」

いつでもいいから、訪ねてきてほしいって言われて考えた。

じゃあいつか、って約束は無責任のような気がするし、かといって命日とかお墓参りも違うなって思って。

「じゃあ、お正月にお祖父ちゃんお祖母ちゃんのところに顔を出して、お年玉を貰うっていうのはどうかなって言ったのよ。そういうこと、まひろちゃんは今までしたこともなかったんだから」

「そうなんです」

まるでしたことがなかった。そもそも祖父母がいなかったんだから。

「いいわね。孫がお正月に祖父母のところに行くなんて、ごく普通のことよ。きっとたくさんお年玉をくれるわよ。今までの分も含めて」

「からさんのことも知っていたわよ。忠親さん。もう定年になったけれど、印刷会社にお勤めだったんですって。からさんの本も作っていたって」

「あら、それはそれは」

「びっくりしてました。家にもからさんの詩集があるんだって。それで、もしも許されるなら、一度ご挨拶に伺いたいって」

「許すも何もないわよねぇ。ぜひどうぞって伝えて」

「いつごろにしたらいいでしょうか」

そうね、ってからさんは少し考えた。

「落ち着いた頃よねぇ、秋口に、冬になる前に一度お招きしたら？　皆でここでご飯でも食べたら楽しいじゃない」

「それいいわね」

「このテーブルが一杯になるわ。そういうのも久しぶりよ」


日曜日の朝。

滅多《めった》にないことなんだけど、柊也さんもタロウさんも、そして祐子さんも朝ご飯のときに起きてきて、皆でテーブルを囲んだ。

今朝はチーズトーストにしたんだけど、タロウさんは目玉焼きもベーコンもそのままチーズトーストの上に載せるって言って、じゃあって皆がそうした。そして、タロウさんと柊也さんはもう一枚トーストを焼いて挟んで。

豪華な朝ご飯。

「今朝は何でまた起きてきたの?」

からさんがタロウさんに訊いた。

「いや、何故《なぜ》かぱっちりと眼が覚《さ》めちゃって」

「僕も」

「私もよ。何か朝方に大きな音がしなかった? お寺の鐘《かね》みたいな」

それか。

「ごめんなさい、それきっとわたしがお釜を落とした音ですね」

「お釜?」

お釜? って皆が繰り返した。

たまたま、もう使っていない大きなお釜が戸棚の中にあって、それを片づけようと思っていたら思いっきり床に落としてしまったんだ。

「本当に、ゴーン！　って鐘つきみたいな音がしました」

「あれで炊いたご飯の方が美味《おい》しく感じるのはどうしてなのかしらねぇ」

「食べたことないなー、お釜のご飯。あ、釜飯は食べたことあるけど」

「僕もないな」

「今度炊いてみたら？　庭に竈《かまど》作って。レンガとかで作れるんじゃないの？　簡易的な竈みたいなもの」

「できるかも」

わたしもお釜でご飯は炊いたことはない。

「どうせならさ、石窯《いしがま》とか作っちゃってピザとか焼けるんじゃないか？　皆でピザパーティできるぜ。あ！　鉄板とか俺作ってくるよ。ほらピザを石窯に入れるしゃもじみたいなやつ」

「いいかもね」

柊也さんとタロウさんの二人がいたら、この世にあるものは何でも作れるんじゃないだろうかって思う。

「作るといえばね。エアコンの調子が悪いじゃない？」

「エアコン修理はできないっすよ」

「修理じゃないわよ」

もう取り換えなきゃダメかもしれないってからさんが言った。

「いつぐらいのものなんですか？」

「かれこれ十五年ぐらい使っているかしらね」

「限界かもですねー」

それでね、ってからさんが柊也さんを見た。

「この際だから、エアコン取り換えちゃうついでに、私のアトリエの改装もしたいのよ」

「改装ですか」

「どうするんですか？」

にっ、と笑った。

「まひろちゃんの書斎も一緒にしたいのよね」

わたしの？　書斎？

「まひろちゃんの作業部屋ね。今みたいにただ机が置いてあるだけじゃなくて、壁で仕切って、でもお互いの様子がわかるように小窓をつけてもらうとか、そういう改装」

そんな贅沢《ぜいたく》なことを。

「いいわね。この際だから、普段だーれもいない居間も含めて改装しちゃうとか。だってまひろちゃん台所か、からさんの部屋かどっちかにしかいないものね」

祐子さんが言って、からさんも頷いた。

「そうなの。誰もいない居間が冷えてるって効率悪いでしょ？　それでエアコン取り換えるついでってことなのよ。柊也、考えてくれる？」

「任せといてください」

嬉しいけど。いいんだろうか。

「あ、じゃあついでに俺の部屋もどうでしょ少し。防音関係を。もちろん、予算は出すんで」

「いいわよ。まひろちゃんも一緒に考えてよ。どうやったら素敵な部屋になるか」

「はい」

すごく楽しみかもしれない。

からさんの家が、新しくなる。


（『伽羅の章』へ続く）

イラスト：洵
デザイン：AFTERGLOW

初出

「読楽」２０２１年3月号～２０２２年3月号

連載時の原稿に加筆修正し、収録いたしました。

からさんの家

まひろの章

2023年8月31日　初刷

著　　者　小路幸也

発 行 者　小宮英行
発 行 所　株式会社徳間書店
〒141-8202　東京都品川区上大崎3-1-1
目黒セントラルスクエア
電話　編集 (03)5403-4349
販売 (049)293-5521
振替　00140-0-44392

本文印刷　本郷印刷株式会社
カバー印刷　真生印刷株式会社
製　　本　東京美術紙工協業組合

ISBN978-4-19-865674-4

小路幸也の
好評既刊

徳間文庫

早坂家の三姉妹 brother sun
父は再婚相手と近所に住み、
姉妹だけで暮らす生活に、
突然波風が……。

猫と妻と暮らす 蘆野原偲郷
人に災いを為すもの。
それを祓う力を持つ一族の青年。
彼の妻は事が起きると猫になった!?

猫ヲ捜ス夢 蘆野原偲郷
災厄を祓う力を持つ蘆野原の一族。
彼らは移りゆく時代の中で、
何を為さねばならないのか？

恭一郎と七人の叔母
青年だけが知る
個性豊かで魅力的な
叔母たちの真実の姿とは？

風とにわか雨と花
お母さんと暮らす僕と姉は、
夏休みにお父さんが住む
海辺の町へいくことになった。

国道食堂 1st season
元プロレスラーが営むドライブイン。
この店に集う客たちの中には、
様々な事情を抱える人も……。

国道食堂 2nd season
絶品のB級グルメが食べられる
田舎のドライブインに集う客たち。
そこでは、時には事件も……。